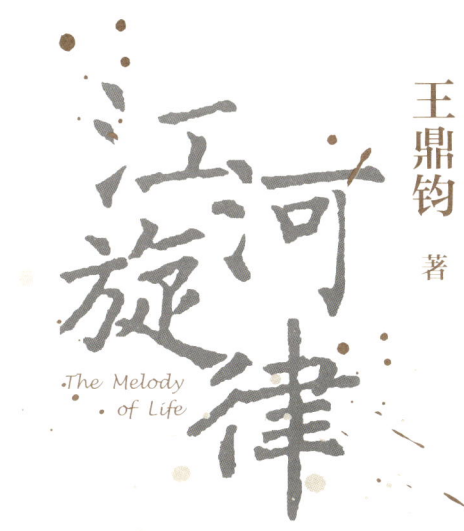

江河旋律

The Melody of Life

王鼎钧 著

王鼎钧自选集

人民文学出版社

图书在版编目(CIP)数据

江河旋律:王鼎钧自选集/王鼎钧著.—北京:人民文学出版社,2020
(2022.1重印)
ISBN 978-7-02-015878-2

Ⅰ.①江… Ⅱ.①王… Ⅲ.①中国文学—当代文学—作品综合集 Ⅳ.①I217.2

中国版本图书馆CIP数据核字(2019)第275530号

责任编辑　付如初
装帧设计　李思安
责任校对　刘晓强
责任印制　王重艺

出版发行　人民文学出版社
社　　址　北京市朝内大街166号
邮政编码　100705

印　　刷　三河市中晟雅豪印务有限公司
经　　销　全国新华书店等

字　　数　172千字
开　　本　787毫米×1092毫米　1/32
印　　张　10.75　插页1
印　　数　8001—11000
版　　次　2020年1月北京第1版
印　　次　2022年1月第2次印刷

书　　号　978-7-02-015878-2
定　　价　49.00元

如有印装质量问题,请与本社图书销售中心调换。电话:010-65233595

大江东去,淘尽多少锦心绣口,

我临江打捞,这些,希望能为您留下。

目 录

第一辑 美文选

脚印 ……………………………… 3
旧梦 ……………………………… 8
给我更多的"人"看 ……………… 12
世界贸易中心看人 ……………… 17
我们的功课是化学 ……………… 21
《武家坡》 ………………………… 27
闰中秋，华苑看月 ……………… 31
网中 ……………………………… 35
邂逅 ……………………………… 40
与我同囚 ………………………… 44

灵感速记	49
茶与心情	64
牢笼·天井·蚕	67
苹果坠地时	73
向绿芽道歉	76
平仄边缘	79
告诉你	87

第二辑 变体选

兴亡	99
洗手	104
那树	111
四个国王的故事	
——世上没有不穿衣服的国王	116
谁想念谁	129
最高之处	131
几尺纸	133
水做的男人	135
胜利的代价	137
种子	145
失楼台	149

红头绳儿	156
神仆	167
道德的傧相	182
哭屋	195

第三辑 杂文选

《骆驼祥子》后事	213
摔	217
家——由子宫到天堂	221
鸳鸯绣就凭君看	225
警告逃妻	231
日本电影与我	234
中国爱情	238
老实话	242
沧海几颗珠	245
头条新闻 匹夫有份	259
历史钟摆	263
消失了的红羽毛	266
南宫搏轶事	269
吃狗肉	272
百感交集	275

文章的滋味 ································ 290
天地不为一人而设
　——复关汉卿专家 ······················ 295
从饮食到文学 ···························· 299
杀人无用论 ······························ 303
都是选择惹的祸
　——再复关汉卿专家 ···················· 307
处理藏书的滋味 ·························· 311
有涯散记 ································ 315

第一辑

美 文 选

脚　印

乡愁是美学,不是政治学。思乡不需要奖赏,也用不着和别人竞赛。我的乡愁是浪漫而略近颓废的,带着像感冒一样的温柔。

你该还记得那个传说,人死了,他的鬼魂要把生前留下的脚印一个一个都捡起来。为了做这件事,他的鬼魂把平生经过的路再走一遍。车中船中,桥上路上,街头巷尾,脚印永远不灭。纵然桥已坍了,船已沉了,路已翻修铺上了柏油,河岸已变成水坝,一旦鬼魂重到,他的脚印自会一个一个浮上来。

想想看,有朝一日,我们要在密密的树林里,在黄叶底下,拾起自己的脚印,如同当年捡拾坚果。花市灯如昼,长街万头攒动,我们去分开密密的人腿捡起脚印,一如当年拾起挤掉的鞋子。想想那个湖!有一天,我们得砸破镜面,撕裂天光云影,到水底去收拾脚印,一如当初采集鹅卵石。在那个供人歌舞跳跃的广场上,你的脚印并不完整,大半只有脚尖或只有脚跟。在你家门外窗外后院的墙外,你的灯影所及你家梧桐的阴影所及,我的脚印是一层铺上一层,春夏秋冬千层万层,一旦全部涌出,恐怕高过你家的房顶。

有时候,我一想起这个传说就激动;有时候,我也一想起这个传说就怀疑。我固然不必担心我的一肩一背能负载多少脚印,一如无须追问一根针尖能站多少天使,可是这个传说跟别的传说怎样调和呢?末日大限将到的时候,牛头马面不是拿着令牌和锁链在旁等候出窍的灵魂吗?以后是审判,是刑罚,他哪有时间去捡脚印;以后是喝孟婆汤,是投胎转世,他哪有能力去捡脚印?鬼魂怎能如此潇洒、如此淡泊、如此个人主义?好,古圣先贤创造神话,今圣后贤修正神话,我们只有拆开那个森严的故事结构,容纳新的传奇。

我想,捡脚印的情节恐怕很复杂,超出众所周知。像我,如果可能,我要连你的脚印一并收拾妥当。如果捡脚印只是一个人最末一次余兴,或有许多人自动放弃,如果事属必要,或将出现一种行业,一家代捡脚印的公司。至于我,我要捡回来的不只是脚印。那些歌,在我们唱歌的地方,四处都有抛掷的音符,歌声冻在原处,等我去吹一口气,再响起来。那些泪,在我流过泪的地方,热泪化为铁浆,倒流入腔,凝成铁心钢肠,旧地重临,钢铁还原成浆还原成泪,老泪如陈年旧酿。人散落,泪散落,歌声散落,我——仔细收拾,如同向夜光杯中仔细斟满葡萄美酒。

也许,重要的事情应该在生前办理,死后太无凭,太渺茫难期。也许捡脚印的故事只是提醒游子在垂暮之年做一次回顾式的旅行,镜花水月,回首都有真在。若把平生行程再走一遍,这旅程的终站,当然就是故乡。

人老了,能再年轻一次吗?似乎不能,所有的方士都试验过,失败了。但是我想有个秘方可以再试,就是这名为捡脚印的旅行。这种旅行和当年逆向,可以在程序上倒过来实施,所以年光也仿佛倒流。以我而论,我若站在江头江尾想当年名士过江之鲫,我觉得我二十岁。我若在水穷处、云起时看虹,看上帝为中国人立的约,看虹怎样照着皇宫的颜色给山化妆,我十五岁。如果我赤足站在当初看蚂蚁打架看鸡上树的地方,让泥地由脚心到头顶感动我,我只有六岁。

当然,这只是感觉,并非事实。事实在海关关员的眼中,在护照上。事实是"访旧半为鬼","笑问客从何处来"。但是人有时追求感觉,忘记事实,感觉误我,衣带渐宽终不悔。我感觉我是一个字,被批判家删掉,被修辞学家又放回去。我觉得紧身马甲扯成碎片,舒服,也冷。我觉得香肠切到最后一刀,希望是一盘好菜。我有脚印留下吗,我怎么觉得少年十五二十时腾云驾雾,从未脚踏实地?古人说,读书要有被一棒打昏的感觉,我觉得"还乡"也是,四十年万籁无声,忽然满耳都是还乡,还乡,还乡——你还记得吗?乡间父老讲故事,说是两个旅行的人住在旅店里,认识了,闲谈中互相夸耀自己的家乡有高楼。一个说,我们家乡有座楼,楼顶上有个麻雀窝,窝里有个麻雀蛋。有一天,不知怎么,窝破了,这些蛋在半空中孵化,幼雀破壳而出,还没等落到地上,新生的麻雀就翅膀硬了,可以飞了。所以那些麻雀一个也没摔死,都贴地飞行,然后一飞冲天。你想那座楼有多高?愿你还记得这个故事。你已经遗忘了太多的东西。忘了故事,忘了歌,忘了许多人名地名。怎么可能呢,那些故事,那些歌,那些人名地名,应该与我们灵魂同在,与我们的人格同在。你究竟是怎样使用你的记忆呢?

　　……那旅客说:你想我家乡的楼有多高?另一个旅客笑一笑,不愠不火,我们家乡也有一座高楼,有一次,一个小女孩从楼顶上掉下来了,到了地面上,她已长成一个老太太。我们这座楼比你们那一座,怎么样?

当年悠然神往,一心想奔过去看那样的高楼,千山万水不辞远。现在呢,我想高楼不在远方,它就是故乡。我一旦回到故乡,会恍然觉得当年从楼顶上跳下来,落地变成了老翁。真快,真简单,真干净!种种成长的痛苦,萎缩的痛苦,种种期许种种幻灭,生命中那些长跑长考长歌长年煎熬长夜痛哭,根本没有时间也没有机会发生,"昨日今我一瞬间",间不容庸人自扰。这岂不是大解脱,大轻松,这是大割大舍大离大弃,也是大结束大开始。我想躺在地上打个滚儿恐怕也不能够,空气会把我浮起来。

(选自《左心房漩涡》)

旧　梦

二十多岁的人,认为自己什么大事都做得成,若要写几本后世欣赏感动的大著,料也不难。

数说历史上那些伟大的名字,他们也只是脑袋上七个窟窿,手掌上十支短棒。他们的作品,每一个字我们都认得,每一句话我们都懂,每一件事我们都经验过或想象得出。作得跟他们一样,有什么不可能?

据说:文学家肩上的那个看似与常人无异的脑袋里,有一种特殊的质料,叫做天才。我们有没有呢?不知道。不过,二十岁的小伙子,自觉与上帝距离很近,仿佛上帝刚刚将他们用心装备一番打发到地上来,天才如果这么要紧,上帝不会不给我们。

除了天才,听说还有方法……什么!谁说的?文学创作有方法,难道这是木匠做桌子吗?是理发师剃头吗?玫瑰是用一套方法开出花朵的吗?瀑布是用一套方法画出线条来的吗?萧伯纳说写作的方法只是"由左到右",英文打字的顺序。老萧万岁!

我们二十世纪五十年代的人物,同睹过一个世界的破碎,一种文化的幻灭,痛哭过那么多的长夜,这只手还不是产生名著的手吗?无疑的,这身体,从头顶到脚底,每一寸都是作品!

偶然的,我们聚合在一起,庄严而且响亮的互相宣布各人的宏愿。其后,不断交换报告各人的进度和成就。在这种场合,空气够忙碌的,它们无休止地震动着,去传达有关人生的各种壮语,有关当代作家的臧否,文学上像麦芒一般的细枝末节的争辩,以及雄图大志之重申。

真的,像天才一样,每个人的工作方式都不相同。有的人想呀,想呀,每一夜都想好一个长篇,第二天阳光一照,长篇随着黑暗跑了。有的人东奔西跑,调档案,借参考书,征求旧报,皮鞋磨破一双,皮鞋磨破两双,资料箱还是填不满,因为早先搜集的东西又不合用了。有的人写呀,写呀,也发表,也出版,起初有人叫好,可是日子一久,叫好的声音便沉落了。有的人家累重,挣钱忙,动笔的日子永远定在明年,可是这个人忽然化成一罐灰,一抔土,化成亲友的一眶泪,几声叹,在世界上永远消失。

慢慢的,我们明白,谁也不是金刚不坏之身,谁也不是天之骄子。上帝随便抓了几把物质,这就是我们。才能不能满足志愿,志愿不能改变命运,这也是我们。我们离上帝是这么遥远,不但伸手触不到他,举目看不到他,侧耳也听不到他,甚至想象力都想不到他。他也绝未想到在地上爬行的我们,一定的。

以后的迹象似乎是,每个人都沉默了,冷淡了,共同的理想既已丧失,友情也疏远了。

多年后难得相聚一堂,难得由一位风雅的女主人,故意在这群人相识十周年时安排一次大团圆。凭着旧梦的潜力,这些人都到了,彼此不知有多少话要说,又好像并没有什么可说,只是你望我的眼角,我望你的眼角,看眼角是否有了皱纹;你望我的头顶,我望你的头顶,看头上是否添了白发。——你有几部作品?六部。你呢?四部。一部作品是指一个孩子。

嫩笋肥美,新茶清香,乡愁如缕,物价可忧。终席未再听到历史上那些伟大的名字,未再听到钦羡或抨击那些名字,未再听到要追踪或超过那些名字。每个人可能只剩有一撮旧梦,隐藏在记忆深处,然而谁也不愿去想起它,纵然想起了,也混沌如梦中之梦,一若情人之眼,眼前世界总是那么真实而又那么虚幻。

(选自《情人眼》)

给我更多的"人"看

  人啊人,人字只写两条腿。左看像门,右看像山,另有一说像倒置的漏斗,总之站得牢。人为万物之"零",符号十分简单,人字只有两画,你看马牛羊鸡犬豕是多少画!门供出入,人分内外;山有阴阳,人感炎凉;漏斗倒置,天地否极,看谁来拨乱反正旋转乾坤。啊,人啊人。

  这几天我一直看他们几个人的照片。好不容易找到了他们!也许我的律师会说,你只是找到了他们的照片而已。我那以摄影师成名的朋友也许说,你只是找到了底片感光显影定影放大冲洗而已。我那写诗的朋友也许说,你只是见到一蝶,拾起一片花瓣而已。可是我要看,我更要看一生一世,悲欢离合,生老病死,穷通荣辱,看他化蝶飞来,成一瓣落花飘下。看他缩小面积,压去体积,滤尽过程,排除变化,成为案头掌上之永恒。

看他们又是一场粉墨锣鼓。看他们像看那场同乐晚会。看野地里竖起的柱子,看柱间连成横梁,铺上木板,看人在木板上捉弄世界。忽然眼前出现一个人,从未见过,完全陌生。没有谁戴这样的呢帽、眼镜,留这样的胡子,没有谁站得这样矜持,等他露齿一笑,那排牙使你恍然大悟,你马上把他的面貌纠正了:这星期不是轮到他当采买管伙食吗!你看又来一个人,老了,腰弯着,寿眉半白,眯着眼东看西看,皮肤够黑,脸上手上却还有那么清楚的黑斑。这个人?难猜。看他一时疏忽睁大了眼睛,那乌溜溜的黑眼珠朝台下一转,哈哈,这家伙去年跟我同班!那次看表演如同一个预言,今天我看这些照片,从眉宇里搜寻真身,于今仿佛犹昔。只是这一次他们永不卸妆,他们看我料亦如是!

看来看去,想来想去,翻来覆去,死来活去。四十年前的留不住,四十年后的挡不住。人啊人,人字还是照写,可是由瓶到酒都换了。人还是出出进进,上上下下,冷冷热热,颠颠倒倒。唉,可惜颠颠倒倒!小说家辛克来路易士六十大庆时,新闻记者请他发表生日感言,他说他心里有一个问题不明白,在六岁时就不明白,到了六十岁还不明白,什么问题呢?那就是:世界上为什么有穷人有富人？唉，我不是辛克来，我也有一个问题从六岁迷惑到六十岁，那是世界上为什么有好人有坏人？这问题你也不能解答。我们都有所不能，握住火把，握不住光；握住手，握不住情，不能扫起月色、揭下虹，不能将"酒窝"一饮而尽，我们都不能使兽变人。

但是据说人类可以带着兽的血统和兽的性格，隐隐约约有兽的长长短短。人类征服洪荒，把野兽逼向死角，自己扮演虎豹蛇蝎兔狐猪狗。人为万物之"伶"。袍笏不能保证文明，神话不能保证因果。十年一难，百年一劫，劫来了，所有的伟大都急速缩小，我们用两只手恭恭敬敬捧着的东西都掉下来被众人践踏成泥。平时都说槐花是吊死鬼的舌头，相诫不可从槐下走过，但饥馑之年大家抢着吃槐花，吃槐叶，吃槐树皮。有一种蜘蛛，出生以后就把自己的母亲吃掉。母獐相反，它如果闻见幼獐身上有陌生的气味，为了安全，就把自己的亲生儿女丢弃了。断腕灭亲也是空，贺兰山上的猎人还是可以捕獐为生，蜘蛛为了自己的发育连母亲也吃，到头来仍是一只蜘蛛，也没有长成老虎。

谁是虎而冠者？他们不是，我不是，料想你也不是。你说"我很累"，哪里是虎啸？你写的柳公权，"弃我去者，昨日之日不可留，乱我心者，今日之日多烦忧"，昨夜还挂在我的客厅里。世上岂有莫愁湖,或有莫愁虎。你说"我很疲倦",疲倦也是一种愁。你烦的是什么,忧的是什么,你遗忘了没有,升华了没有。李白的呻吟怎么到现在还袅袅不绝,该死的不朽。

当我处心积虑东寻西觅时,你没有一句话赞成,没有一句话帮助,你也不反对不禁止,只说"我很累",这是你的风格。而我,我对言外之意充耳不闻,在你冷淡的眼神下兴高采烈,这是我的风格。历史是打碎了的瓷瓶,碎片由考古学家收拾,这扫地的工作么,你也懒得了。其实我也累,他们都很累。站在红漆漆过的大地上,迈一步怕留下脚印,扶一下怕留下的指纹,空气里充满了油漆未干的辛辣,喘口大气也难,那日子是会在肌肉里累积酸素的。大家都累了,像是童年时期的某种游戏一般,大家挤在一起,缠成一团,直到每个人用尽了力气,睡在地上瘫成一堆。这个游戏简直是今生今世漫长生涯的缩影。真奇怪,童年做过的某些事情,往往是以后重大遭际的象征。

我想我们都太累,都还没有恢复,完全恢复需要很长的时间。直到有一天,我们想到夸父,不累;想到吴刚,不累;想到季子挂剑,不累。直到有一天,看见小花的微笑,不累;想起提琴的弦绷得那样紧,不累;听见瀑布昼夜奔流,不累。直到有一天我们能尊重含羞草,同情鸵鸟,赞美出土的化石,包容所有的上帝。

    上帝说过,聚有时,散有时。由散的时代到聚的时代漫长,有涯。把叶子吹离枝头的,是风,把叶子围拢在树根四周的,也是风。把花瓣从陌上冲走的,是水,把花瓣一个挨一个铺满湖面的,也是水。贫血的月,高血压的太阳,痴肥的山,生锈的城,俱往矣。不要讽刺生命,当心生命会反讽你。人啊人,我要看人,给我更多的人看,给我标准化的人,给我异化的人,给我可爱的人,可恨的人,以及爱恨难分、同中有异异中有同的人。

                           (选自《左心房漩涡》)

世界贸易中心看人

打开日记本,重读我一九九七年三月三十一日所记。

今天,我到世界贸易中心去看人。这栋著名的大楼一百一十层,四一七米高,八十四万平方米的办公空间,可以容纳五万人办公。楼高,薪水高,社会地位也高,生活品位也高?这里给商家和观光采购者留下八万人的容积,顾客川流不息,可有谁专程来看看那些"高人"?

早晨八时,我站在由地铁站进大楼入口的地方,他们的必经之路,静心守候。起初冷冷清清,电灯明亮,晓风残月的滋味。时候到了,一排一排头颅从电动升降梯里冒上来,露出上身,露出全身,前排走上来,紧接着后一排,还有后一排,仿佛工厂生产线上的作业,一丝不苟。

早上八点到九点,正是公共交通的尖峰时刻。贸易中心是地铁的大站,我守在乘客最多的R站和E站入口,车每三分钟一班,每班车约有五百人到七百人走上来,搭乘电梯,散入大楼各层办公室。世贸中心共有九十五座电梯,坐电梯也有一个复杂的路线图,一个外来的游客寻找电梯,不啻进入一座迷宫。

这些上班族个个穿黑色外衣,露出雪白的衣领,密集前进,碎步如飞,分秒必争,无人可以迟到,也无人愿意到得太早。黑压压,静悄悄,走得快,脚步声也轻。这是资本家的雄师,攻城略地;这是资本主义的齿轮,造人造世界。在这个强调个人的社会里,究竟是什么样的模型、什么样的压力,使他们整齐划一,不约而同?

我仔细看这些职场的佼佼者,美国梦的梦游者,头部隐隐有朝气形成的光圈,眼神近乎傲慢,可是又略显惊慌,不知道是怕迟到,怕裁员,还是怕别人挤到他前面去?如果有董事长,他的头发应该白了;如果有总经理,他的小腹应该鼓起来,没有,个个正当盛年,英挺敏捷,都是配置在第一线的精兵。他们在向我诠释白领的定义,向第三世界来者展示上流文化的表象。

我能分辨中国人、韩国人、日本人,不能分辨盎格鲁-撒克逊人、雅利安人、犹太人,正如他们能够分辨俄国人、德国人,不能分辨广东人、山东人。现在我更觉得他们的差别极小,密闭的办公室,常年受惨白的日光灯浸泡,黄皮肤仿佛褪色泛白,黑皮肤也好像上了一层浅浅的釉子。究竟是他们互相同化了、还是谁异化了他们?

这些人号称在天上办公,(高楼齐云,办公桌旁准备一把雨伞,下班时先打电话问地面下雨了没有。)在地底下走路,(乘坐地铁,穿隧而行。)在树林里睡觉,(住在郊区,树比房子多,房间比人多。)多少常春藤,多少橄榄枝,多少三更灯火五更钟,修得此身。

唉,多少倾轧斗争俯仰浮沉,多少忠心耿耿泪汗淋淋,多少酒精大麻车祸枪击,剩得此身。拼打趁年华,爱拼才会赢,不赢也得拼,一直拼到他从这个升降梯上滚下去,或者从这些人的头顶上飞过去。我也曾到华尔街看人,只见地下堡垒一座,外面打扫得干净利落,鸟飞绝,人踪灭。这里才是堂堂正正的战场,千军万马,一鼓作气。

九时,大军过尽,商店还没开门,这才发现他们是早起的鸟儿。何时有暇,再来看他们倦鸟归巢。

二〇一二年八月十一日,附记如下:

十一年前,九月十一日早晨,国际恐怖分子劫持了四架民航客机,以飞机作武器,撞向纽约世界贸易中心大楼,纽约市著名的地标燃烧,爆炸,倒坍,成为废墟。………这天早晨,三千多人死亡及失踪。我当初以早起看鸟的心情结一面之缘的人,吉凶难卜,后悔没再去看他们下班。

(选自《度有涯日记》)

我们的功课是化学

听我说,我爱看他们,爱看人,人的美,人的尊贵。鸟兽草木修炼千年也就是图个圆颅方趾顶天立地。我爱看邻人,我爱看陌生人,爱看仇人。人的名称,神的形象。动静举止原是画,喜怒哀乐原是戏,慢慢看啊,每个人都是风景。

听我说,我了解你的疲倦,一如打过摆子的人了解疟疾。怎能不疲倦呢,如果人是套在我们颈上的枷。如果人人似乎心怀叵测,连海波也是在搜刮天空。如果人不是可怕就是可恨,如果对平生的每一件善行都后悔。我听说某一个时代的黑社会的领袖都扎紧输精管,英雄无后,天才无种,他太疲倦了,不堪负荷。

我的疲倦在你之前。那时国内还在打仗。那时我看见一片瓦砾和插在瓦砾中的尸体。我觉得我的精力一下子被战争吸光了,浑身酸痛,肌肉可以随时压垮骨骼。那尸体本来是个医生,瓦砾本来是一所庄园。那人为什么要做医生呢,他有一些什么样的行为呢,这里面有个故事。

故事里面主要的人物是一个读线装书的绅士,和他的守寡守了三十多年的母亲。这位从二十多岁就关在一层一层门窗里、裹在一重一重长裙宽袖里的节妇,到了五十多岁忽然在绝对不能让人看到的地方生了一个毒疮,流脓流血,痛彻心腑,以致她那孝顺的儿子寝食俱废,形容枯槁。依做母亲的意思,宁可痛死烂死,也不让医生来望闻问切——医生都是男人!可是在一切偏方无效之后,做儿子的就再三哀求母亲让步。为了使儿子尽到人事,那母亲说,可以,但是只能由一个医生来看病,而且只能看一次。

于是儿子经过再三斟酌,带着一袋银圆,到远方恭恭敬敬请来一位名医,合家上下滴溜溜伺候这位名医吃过鱼翅席之后,延入内室诊察病患。母子俩心情不必细表,这还不是他们最长的一刻。医生看过患处,回到客厅,只管坐在太师椅上抽烟喝茶,沉默无语,文房四宝早就摆下,他竟视而不见。儿子陪坐一旁,不知道说话好还是不说话好——说话,怕打搅了他;不说,又怕冷落了他。他怎么还不处方呢?是催他好呢还是不催他好呢?催他,怕得罪;不催,这么耗着岂不急死人?

做儿子的出了一头热汗,等到热汗变冷,头脑也清楚了。他吩咐仆妇到内室去取出四个金元宝,用托盘托着端出来。他接过托盘,走到医生面前,轻轻地放在八仙桌上,退后两步,跪下,恭恭敬敬朝着医生磕了一个头。他做对了,那名医生客客气气地写下药方,客客气气地告辞而出,(自然是带着元宝)病家照方服药,不由得你不服,那毒疮竟然好了!竟然好了!

做儿子的受了这个刺激,就去买一套一套的医书,就去访求一个一个的名医,把自己训练成一个医生。于是,庄园外面的黄泥路上,经常有人吱吱呀呀的独轮车载着病人进庄园来了。当吱吱呀呀的车声归去的时候,把他的名声传扬开来,渐渐的,有些传说和神话附会在他的名下,他像历代所有的名医一样,半隐半现在一种光耀里。他救活了无数的人,没收过一文钱。

而老天给他安排的结局竟是如此!

而那个为他母亲治疮的医生下了如此的论断:"此人一死,谁也休想盖过我!"

那时,我站在废墟之旁,仰首问天:为什么会是他呢,为什么会是他呢？然后，我问，我能做什么？那一刻，我发现自己无能、可耻，我连那只在尸体上舔血的狗都不能赶走，因为，狗眼射出红光，据说，狗吃人肉以后马上变狼！

人有善有恶，有正有邪。人有贫富贵贱祸福成败。依照列祖列宗所信所传，世上的富人，贵人，成功的人，有福的人，该是那些善良正直的人，邪恶的人应该相反。可是，等到他们亲身体察，我们才知道排列组合并不如此简单，它错综复杂，根本不能用耶稣和孔子留下的公式推算。尤其是战争来了，灾难最大，上帝逊位，圣贤退休，天理人伦都非常可怜。反淘汰比淘汰更无情，逢凶化吉要靠离经叛道，人人暗中庆幸自己倒也并非善类。从那样的时代活过来不啻穿越了原子爆炸的现场，辐射造成永久的伤害，表面上也许看不出来，暗中却深入心灵，延及遗传。

所以我们必须走出来。我们遭逢的劫难只是名称不同、时间不同。我已经修完了你正在艰难钻研的课程。你是昨天的我，我是明天的你。我们都有癌需要割除，有短路燃烧的线路要修复，有迷宫要走出，有碎片要重建，有江海要渡。

有江海要渡，听我说，我来渡你，一如你昔曾渡我。

我没有直升机,我有舢板,只要你不怕弄湿鞋子。你不能等大禹杀了仪狄再戒酒。达摩渡江也得有一根芦苇,马戏团的小丑从胸前掏出心来,当众扯碎,他撕的到底是一张纸。走过来吧,踢开纸屑,处处是上游的下游,下游的上游,浪花生灭,一线横切。江不留水,水不留影,影不留年,逝者如斯。舢板沉了就化海鸥,前生如蝉之蜕,哪还有工夫衔石断流。

听我说,生活是不断地中毒。思想起来,我中毒很早,远在目睹战争之前。老师讲"伯道无儿",说邓攸生逢乱世,为了救他的侄子牺牲了自己的儿子。他原以为可以再生一个儿子,谁知夫人始终不孕。媒婆给他送来一个无家可归的女孩做姨太太,谁知问起家世那女孩竟是他的甥女。由于内疚,邓攸再不纳妾。于是他无子,于是他绝后。那时我就问,为什么会是他呢。我希望老师说错了,到图书馆里去翻书查考,但是我把填写完毕的借书单揉成纸团丢进字纸篓里,我怕书上写的和老师讲的完全相同。来,听我说,我们现在要勇敢地面对多少多少的邓攸,各式各样的邓攸。人生的修养就是分解这种毒素。不要再加减乘除了,我们的功课是化学。化!化种种不平,不调和;化种种不合天意,不合人意;化百苦千痛,千奇百怪。和尚为此一生打坐,把自己坐成吞食禁果以前的亚当。化！化癌化瘤化结石化血栓,水不留影,逝者如斯。

听我说,历史有时写秦篆,有时写狂草,洞明世事练达人情就是两种字体都认得。人啊人,天意难如,人意难测;报恩易,而世人忘恩;报怨难,而世人记怨。人终须与人面对。人总要与人摩肩接踵。人终必肯定别人并且被别人肯定。人万恶,人万能,人万变,然而归根结底我们自己也是一个人。世人以芝兰比子孙,但他们宁要子孙不要草。世人以鹡鸰比兄弟,但他们宁要兄弟不要鸟。永远永远不要对人绝望,星星对天体绝望才变成陨星,一颗陨星不会比一颗行星更有价值。遇难落海的人紧紧抱着浮木,但他们最后还得相信船。通宵赶路,傍山穿林,我情愿遇见强盗也不愿遇见狼群。

听我说,咱们同年同月同日找一个人烟稠密的地方去看人,去欣赏人,去和我们的同类和解,结束千年防贼,百年披挂。上帝为我们造手的时候说过,你不能永远握紧拳头。来,放松自己,回到人群,在人群中恢复精力。

(选自《左心房漩涡》)

《武家坡》

薛平贵不姓薛,王宝钏也不姓王,现代人顶着古人的名字,在舞台上扮演千年前的故事。一个长胡子的顽童,挥动一根棍子,自以为在骑一匹骏马。他自言自语,说是来到故乡。什么是故乡?他的马还有一根马鞭,他的故乡连一片瓦也没有。可是他唱着、跳着说回家了,他说他由西凉国的驸马升成了国王。

薛平贵有过无数化身。这一次,他的运气坏,由一个猥琐庸俗的中年人扮他,这人不但从未做过驸马,而且终身不娶,只能从妓院中闻到脂粉。在道德重整会和卫生局的轮流谴责下,他的生之欲不是尽情放纵,就是苦行节制;节制后的放纵,放纵后的节制,像海浪一样冲过来,冲过去,像海浪冲刷岩石一样,把他的自尊与自信剥掉一层再一层。他挥鞭而前,骑一头瘦马,随时有失蹄倾跌之虞。你在小城镇的二流客栈中可以见到这样的账房,不会在任何王国里看见这样的驸马。

王宝钏啊王宝钏,你太老,你不该有鱼纹,你的唇线已下弯,你的皮肤枯干使化妆品失润。不错,你本不年轻,可是,舞台终究是舞台,武家坡的王宝钏挖菜挖了十八年,舞台上的王宝钏往往只有十八岁。你应该年轻,美丽,生命力饱满,使观众忘记漫长漫长的生离死别。舞台究竟是舞台,台上的王宝钏必须摘下近视眼镜,那层玻璃片一旦拆除,眼球就因为失去了重要的凭藉而茫茫然,而惶惶然。观众和她之间隔一层浓雾,看见她眼神里的茫茫,看见她的空虚迷惘。她经常发怔,经常心不在焉,不兴奋也不感伤;她预知他回来,知道他回来也不过如此。

两个人都是资深演员,都演过一百次《武家坡》,由少年演到中年,由西北演到东南,由戒慎恐惧、熟极而流演到心灰意懒。旧调重弹,每一句话每一个动作都无新意,每一个动作每一句话都由别人规定得死死板板,不能加也不能减,重复一遍又一遍到一百遍,不能多也不能少。看哪,王宝钏打开窑门,察看来人,看他是否真正是自己的丈夫。她张开眼皮,眼光散乱,并不曾真正去看。看哪,那薛平贵站在门外,你看我不看我都无所谓。他们这样演下去,演完一出又一出,不知道还要虚应多少故事。

剧评家大摇其头。可是观众肃然,肃然得使剧评家疑惑不安。没有人谈话,没有人离场,没有人抽烟,每个人张口发呆,这是什么缘故?枯枝何以能满室生香?薛平贵、王宝钏,以站在台上征服观众为终身职志,直到今晚才大获全胜。迟来的胜利,不足恃不可再的胜利,使王宝钏一阵心酸,使她在举袖高歌"老了老了人老了"时,真的全身发抖热泪横流。她的表演震慑全场,不知怎么,她觉得眼角的余光里有飞鸟一闪而坠。可能吗?戏院是老式建筑。唉,眼镜,眼镜……

台下忽然有声尖叫。正面楼座的观众纷纷站起俯瞰,楼下的观众纷纷离座奔逃。一个警察冲出来猛吹哨子,唯一的功效是锣鼓停歇,薛平贵、王宝钏垂手并肩而立,从千年前望千年后,由世界外望尘寰,望搅成一团乱麻的人头。

电线走火?流氓斗殴?防空演习?四散的观众把谣言带到四方。老年人说,这家戏院"炸"了,"炸"是观众无缘无故地惊慌失措、奔逃践踏。凡是历史悠久的戏院,都可能突然出现这种庸人自扰的悲剧。"炸"过的戏院必须歇业,演炸了的角儿可能终身不再走红。……

第二天的报纸上却不是这么说的。记者报道,这场戏的观众大半是老兵。有一个中年男子坐在楼上第一排看戏,泪流满面。他在离座站立时心脏病发,倒栽下来,死了。谁也不认识这个人,警察查不出他的姓名,决定在殡仪馆停尸三天,听候认领;如果没有亲友出头,由警察局按无名尸体处理办法用公费掩埋。

戏院没有"炸",还可以走几年好运。巨幅海报贴满大街,晚间的戏码,由原班人马继续唱《武家坡》。

(选自《情人眼》)

闰中秋,华苑看月

一九九五年八月,朋友提出"什么地方最宜赏月?"赏月,早已沉淀了的习惯。大都会驱逐自然,骚扰诗兴,机声隆隆如雷,灯比星多,令人眼花缭乱。灯黑人寂的地方也有,但往往月未升起,贼先出现。已经有好多年拿电视屏幕当月看,连月饼也懒得去买。

可是今年是一九九五。今年阴历有两个八月。今年的空气里浮着世纪末,胸中回荡着想当初。决定好好地看一眼世界。什么地方最宜赏月,我找到纽约上州的"华苑"。华苑高爽空旷,占地七十英亩,有山有水,有森林花圃草坪,四周分布着赛马场、高尔夫球场、苹果园,还有个滑雪场。每年夏季,旅行团从四方来游憩,现在秋深了,正好,"游人去后我偏来"。

很不巧,这第一个八月,第一个中秋,连宵冷雨。雨把热闹全赶进了华苑山庄,大厅里举行歌唱晚会,声动草木;晚餐自助,喜来登饭店的大师傅做出十七道美食。一时朵颐大快,人气蒸腾。可是密云遮月。无妨,今年闰八月,三十天后又是一个中秋,那才是真正的中秋,现在只是时间余积,时差还在填补。第一个中秋只是彩排,嫦娥拉上云幕,洒下标点,不许我们先睹为快。

闰中秋真好。天上有闰,人间的失落可以拾回,美丽可以再得。闰中秋我们重登华苑,这一晚纤云四卷,高速公路上月出东山,山林顶端一道银色的曲线,捧着一颗明珠。月刚刚从造物者的手中滚出,忽左忽右,时隐时现,似引导又似窥探。我说过(现在有很多人也这样说),美国的月亮不比中国的月亮圆,但是比中国的月亮大。我们平视初升的满月,吴刚的桂树、嫦娥的宫墙、玉兔的身影像放大后的陈年照片,一路上,地球和它的孪生兄弟遥遥相望,并肩竞走。

车到华苑,月正中天,光华扑面,近在眼前。这月是另一个月,来时途中所见的月,是一个天真的公主,到了华苑中庭,月是一位华贵的皇后。她步下重阶,敞开庭院,纯净天身,四野透明,夺目中疑有裙裾摇曳,扫过众星,缓步前行。冷冷的空气像冰冻的香槟使人兴奋,天无二色,整座华苑就是广寒宫。

一九九五年,闰中秋,总算找到极好的看台。月神巡行,似有天使献花。她的四周出现虹一样的环。似有天使扫街开道,脚前的星赶快躲开,等她走过,从背后伸出头来。夜色如雪,化中夜为黎明,这时,月重新磨洗,月中没有玉兔桂树,没有火山坑洞,只有美;美走过去,落下来,草上霜华四溅。这是月的领地,美的容器,万古千秋,若有所待。月缓缓走来,人缓缓走去,从不停留,只是再来。

月缓缓走去。月下,高尔夫球场在失眠。苹果在捉迷藏,葡萄嬉笑,马场如一张宣纸等待落墨,西点军校排列着英雄梦,庄严寺檐角高耸指月为禅,无雪,滑雪胜地上先铺上一层幻觉。华苑有湖,月到湖心,天如水,水如天。湖面如镜。是放大了的团圆,微风拂过,水纹以扫描释放皎洁,水月似空似色,似有为似无为,似人间似天上。湖畔月下,不知此身是水是月,恍觉此世是水也是月。想起洗礼,受洗者应该来此静坐,浴月重生,圣灵定会像鸽子降下来,我们也想化鸽飞去。

中秋月是中国的特产,"泰西纪历二千年,只作寻常数圆缺"。看月,天只有月,无云无星,天空没有裂痕(电线),没有补丁(高厦),没有谁对月喊口号示威(汽车飞机),没有谁强迫收费(乞丐强盗),也没有世俗脂粉挤眉的视线(灯火)。看月的地方有水,有萍点缀,有松指引,有亭等候,有山环绕,有草坪陪衬。你来看月,月也一定看你。你将从月中看见一切美:正在拥有的美,业已失去的美,尚在幻想的美。一切如意,即使是死刑犯,也不会从月中看见刽子手。即使是破产者,也不会从月中看见债主。如果什么也不想,那就试试看,让月把你照成一团空明,不垢不净。

我微微喘息,原来享受境界也很累人。我思量高音如何持久,天使站在针尖上用什么姿势。高寒最处,冻僵了野豹。我流连风露,抖擞不去,像一个量小的人,不胜酒力,犹自贪杯。中秋月,暌违太久了,享乐的能力也是用进废退。也许应该多来几个人。也许该添一曲古琴,几首唐诗。人影,私语,与月俱沉,明晨与红枫紫槭相对,昨夜已成史话。好月太少,我们错过太多。从此阴阳合历,明年中秋再来。

(选自《千手捕蝶》)

网　中

　　晒网的日子,一张又一张渔网在木架上挂好,这个渔村连那个渔村。海水把粗实的网浸黑,醃重,厚沉沉垂下,挺直。这是青山的发网,大海的坐标,渔家的长城。这是透明的长城,有方格的长城,有带盐的海风,不见烽火。

　　他们的家在长城里,太阳和风来自长城外。落日把晚霞烧红,强风把挂着的网鼓起,好像网里住了晚霞落日,裹住一团炽烈,好像那火球满网挣扎,企图将网绳烧断。风将那一团炽烈吹旺,苍茫大海浇不息那燃烧,烧得那一方格一方格更透明,网索更黑,不是鱼死,就是网破。正是这样,网去捆住网中人的生之欲,去捆岩浆,去捆无定形的浪花。

那网再被掷回海里,敲破水面,敲破有白纹的蓝黑色大理石。当一方格一方格的青天压下来,新肥的鱼惊跃,水花粼光,一时成鼎沸的银炉。渔人的女儿是最精美的海产,她是丰满的,裸露的,紧紧裹在海上的劲风里,裹在高密度的水分子里,裹在渔郎们交缠的目光里。交缠的目光织成另一种网,她是另一种鱼。这是网的世界,成排的树影纵横如网,鱼塘里的竿交叉成网,涟漪荡漾,礁石斑驳,都带网的形状。鱼无所不在,网亦无所不在。乱发遮面时,网罩在她的头上,万念交集时,网粘在她的心上。网啊网,鱼无所不在,网亦无所不在。网啊网,她属于你,你属于一方格一方格的透明,每一方格属于碧海青天,海天属于不可知。

这天,晒网的日子,沙地上,隔网走来几个打着花绸阳伞、把高跟鞋和尼龙袜提在手里的女人和几个戴黑眼镜戴鸭舌凉帽的男人。他们很喜欢这长城般的网阵,举起照相机,不断照那一系列,照那网眼后面龙钟的老太太,照网后的大海,那青蒙蒙的海,那使人看到太广太远的地表面,看到地表面的摇动骚乱而觉得恐惧的大海。男女老幼从渔村里跑出来看他们做什么,他们把看热闹的人一并照进去,并且特别要求一群五岁到七岁大的孩童们站在网的阴影里。不打渔的人也这样喜欢渔网吗?

他们何不买一张大网带回家呢……

窃窃私语未已,没想到那个从远方来的女人动手脱本来就穿得很少的衣服,而且毫不迟疑地脱光,面对观众如面对空气。除去一切遮蔽之后,她显得细腻光滑。在镜头前,她背向海与天,双手攀网,做出因为不能越网而过痛苦焦急的表情,好像后面有噬人的海怪。这动作重复了十几次,直到她表演成生命意志受阻的象征。稍稍休息,他们又把一丝不挂的人体放进一个兜形的吊网里,视她为刚从海中捕到的鱼。她在网中俯着,蜷曲着,又像死掉一样挺着,臂和腿把网撑出不规的角来;最后她在网中像突围的鱼奋身跃起,让相机捕捉她在网底腾跃的刹那,成为人类处于困境和与命运争的象征。经过反复表演,她太累了,累得由同伴把她从网中抬出来,裹在浴巾里,放在阳伞下的沙滩上,喂她喝带来的可口可乐。

这件事不能不轰动,渔人们为她放弃了所有的正经事。即使她已和同伴们回程,在网外消失,仍有迟到的观众闻风而至,看那空网,看他们在沙滩上的烟蒂,看他们离去的那条路。这事在渔村里渔船上谈论了好几个月。渔女们变得很沉默,鱼一样沉默,晒网的日子,坐在网前出神,或者站在那儿抓着网索向外看。夜晚,在礁石后面,她们给情人日益冷淡的嘴唇。她们被启蒙了,她们醒悟自己在网中,发现网外的世界。网啊网,你是我的长城,也是我的监狱。网啊网,你裹住了满网的火球。一方格一方格的透明太少。看哪,网外的世界何等广大,何等充实,那飞机如鹰隼翱翔的世界,那火车渺渺如蚤的世界。

于是渔女相继而去。精美的海产外流,当第三批探险者离乡远走时,先走的第一批已久无家信。都市是另一种恢恢之网,她们是另一种鱼,鱼未死,网亦不破。所有的鱼定要投入一种网,寻求一种透明的长城。牢狱的窗棂也是一些透明的方格。鱼不为同类结网,只有人,才会做这繁杂的手工。不设防的鱼,赤裸的鱼,在网内翻滚,或攀黑沉沉的网索,从方格中露出雪白的肌肤。渔网一重,人网千重,越过一层,前面还有;穿透一层,前面还有。直到鱼死,网终不破。

于是所有的鱼郎都失恋了。网仍在他们手里,但网不住柔情一般的水、水一般的柔情。网举起,网眼千只,清泪千行万行。每个网眼都填满波光云影,得鱼易,得人难。我爱你,我爱你,游鱼出听,行人无踪。我爱你,我爱你,旭辉把礁石染成珊瑚。晚风停,夕照落尽,方格外一片黑而空虚,我爱你,我爱你,网内网外如隔世。

这就是那个发生在网中的故事。渔村父老都会告诉你,一个模特儿如何破坏了渔村的圆满自足,如何使渔女带回私生子、使渔郎带回花柳病。都市如何把吸管插进来,将渔村吸瘦,尽管鱼仍肥,网仍沉沉,网索仍粗,而且被海水浸得更黑,威严如古塞。夜空将星星镶在网沿上方,但这一座透明的长城已挡不住什么。

(选自《情人眼》)

邂 逅

下午四点,金港餐厅一切都准备妥当。羊脂色的大吊灯一尘不染,在刚打过蜡的拼花地板上映下自己的影子。一排排方桌上摆好发亮的铜器,白桌布烫得很平,从桌沿垂下来,拉成很挺直的褶纹。餐厅一边的墙装了落地长窗,相连的一边墙上放大临摹了顾恺之的画。加上幛幔,角落上的冬青,一排U形烛架上安详的光,肃立无哗的侍者,显得很庄重。

金港餐厅不是为我们。我们三个是经过门前的,偶然想在大餐厅里喝一小杯咖啡。日本瓷很细,由南美贩来的咖啡豆很褐,惹得我们谈女人用资生堂水粉饼修饰过的脸和黑奴在主人的领地上粉身碎骨后的凝血。小喇叭吹得美丽又哀愁,美丽有名,哀愁无名。无名的哀愁像久被禁锢的精灵脱锁逃逸,向玻璃长窗上撞碎。音符在我们头颅四周浮游,在顾恺之仕女眼底浮游。白铜烛架像栏栅,也像键,供音符游出游入跳上跳下。咖啡杯沿也沾上了弦颤。可是这一切并不是为了我们。

正在觉得坐在空荡荡的厅里太奢侈太僭越,侍者一躬身拉开玻璃门,她走进。一个漂亮的女孩子。我们精神一振,有点紧张,觉得自己是客,而主人来了。她向着有长窗的一边走去,那一带,今天还没有落上任何人的鞋印。她靠窗坐下,吩咐了侍者,然后向窗外注目,望着那条有杜鹃花的小径。小径无人,花正开,有零瓣缓缓落下。

这期间,我们看清楚她是美人,一尊能够不发一言就使男人改变的神。男人用青春幻想铸造神像,时时拂拭时时修改,直到她出现,一尊雕像才完成。刹那间,我们想起王羲之《快雪时晴帖》、桂林山水、中秋月、晚明小品、玛格丽特的婚礼。我们像在湖心的舟中漂着,漂着,在船中的水晶球中望见她在海底有珊瑚礁石的地方潜水。

她出神似的望着窗外,她像希望能从那条小径上望见什么,对送来的咖啡既不喝,也不调。可是一切没有白费,侍者把餐具擦得如此亮,有南美横渡大洋的咖啡豆被磨得如此碎,摹古的画家伏在那面墙上工作了三个多月把顾恺之的卷轴变成浮雕,都没有白费。这一切都有意义。爵士乐仍在空中潜泳,挣扎而不屈服,呼喊而哽咽。这一切都为她,而她心不在焉,只向长窗之外出神。

透过长窗,可以看见一辆游览车驶近。一群观光客涌出车门,涌进餐厅,迅速占领了中央的袋形地带。几乎是同时,这些中年男人傲慢地呼叫侍者。几乎是同时,他们点上长寿烟或菲律宾产的小雪茄。几乎是同时,女人们都打开化妆箱,一面扮演菜市场里的长舌妇。音乐在野蛮的入侵者面前败逃,烟与喧哗使内部透明的水晶宫成为一片污浊险恶的波涛。这一条汹涌的浊流把我们和她隔开,在对岸,她仍然注视长窗之外,没有向这一群看一眼。

长窗之前的光,是蓝天白云直泻而入的自然光,这光笼罩着她的脸,很圣洁。她的眼睛像晴空一样明洁无垢。只隔一张桌子,那些浮躁的观光客脸上带着酒食征逐造成的微肿,那些眼睛,即使有烟雾,仍然射着在事业的狩猎场上锻炼出来的凶光,这些凶光能穿透烟雾,去刺亲密的游伴。这一群伧俗的恶客填进来,把大厅的中央部分填成一个鼓起来的猪胃,我们在胃外,她也是。她仍然出神地看那小径,小径旁,杜鹃花瓣已落得很密。

我们看不见窗外,却能看见她的眼睛,从她的眼睛里子。镜子里一张脸,有点惶惑,有点灰懒,有点衰弱的脸,败兵的脸,输光了钱拂晓回家的赌徒的脸,冤狱中的被告聆判时的脸。不好看的脸!我不要看,也不要别人看。钱包藏在口袋里,念头藏在心里,脸藏在哪里?有需要必有发明,电动剪发的"推子"业已发明了,在这世界上可以专利赚钱的机会仍然很多。镜子里面还有镜子,镜子里面还有镜子还有镜子……还有镜子……镜框一个一个逐渐缩小,按照比例。平面的玻璃深陷,陷入无穷,陷入不可知,把许多镜框以等距排列,精确得要命,规规矩矩,令人难以忍受的几何。而每一面镜框有一颗头颅,一颗后面还有一颗,还有一颗,挨次缩小,按照比例,可厌的精确,令人难以忍受的几何。

多么无聊!这些后脑勺跟我的脸混杂在一起!喂,喂,你们把头转过来,以真面目示我,让我看清你们狰狞或温良。喂,转过脸来看我,大胆地看我,大胆地让我看你,不要像个侦探,背着人利用镜子的映像窥伺。小姐,别忙,这些鬼鬼祟祟的头颅是谁?怎么,先生,这是你自己呀。你的背后有镜子,背后镜子里有你的后脑,而你面前的镜子里又有你背后的镜子,如是而已。如是而已。

可厌的几何,每一个几何图形中有一个我,可厌的我。我必须安于这张椅子,安于这镜框式的枷,否则,我逸出,我便迷失,找不到自己。椅已破敝,理发小姐的刀已钝,指已粗糙,美丽已失去,镜面已蒙蒙,但我一直来坐这张椅子,自安也自虐。每周一次,我来看这么多的我。自己的眼可以看见自己的后脑,聪明人想出来的笨主意。呵,呵,我,我。我为这么多的我悲哀,一个已足,一个已够累赘。

水龙头奔泻,水珠溅上我的衣服。真对不起,今天礼拜六,生意忙。理发小姐歉然一笑。很多人在礼拜六有约会,她的观察。您今天也有约会?不是约会,是吃喜酒。朋友结婚,太太不去?如果要做头发,我们楼上有女宾部。太太要在家里看小孩不能去——其实我还没有太太。中年光棍维持自尊的另一种方式。哦,你太太真有福气,怎么?她有个好丈夫。哈哈,投桃报李,你的先生真有福气,有个好太太。哪里!我还没结婚——其实她已经结婚。公开承认已婚将损失许多顾客,她们的经验。哦。对不起。哪里!没关系。镜中也有她的脸,与我同困。她的脸和我同样失神而沮丧。我不能描写,因为我未忍多看。我看过她的从前,不忍看她现在,花谢、月残、珠黄,而犹伪称未婚,与十八九岁的大姑娘争一日短长。粉红色的梦,白色的谎。她整天对镜,但整天不看镜子,这是她的聪明。但她把脸孔摆进镜子让我们轮流来看,是她不聪明。也许,这一切非关智慧,取决形势。她必须在这里戴枷,比我更久,更被动。

哗啦哗啦,又是水珠。小心点!对不起。靠近水池,十一号,最坏的位置,最旧的椅子,技术最熟练的理发师。她曾经是一号,靠近门口,椅子最新,人最漂亮。然后,她一步步往里面移换,而三号,而七号,而九,而十一。肥皂的气味,洗头水的气味,毛巾消毒器里面蒸汽的气味。水珠,旧椅子,灰蒙蒙的镜子。丰富的经验,粗糙的手指,疲惫的主顾,现状很坏,但比将来好。不能再移,这里已是最后。所以和蔼,所以周到,所以称赞别人的太太而隐瞒自己的丈夫。

镜子,赌输了的脸。头颅头颅头颅。多余的头颅,无用的富有。如果这些头颅都属于我,每一颗头颅的前面应该有我一张脸。我渴望能把这一颗颗头颅翻转、审查,找我青春未逝去的脸,美梦未破灭的脸,冲动未消失时的脸。如果找到这样一张脸,我付万金把镜子买走。可是,找不到,翻来覆去,枉然。我把镜子打破,乒乒乓乓,手也流血。她们喊:"疯子!"我的名字在她们茶余酒后流传了一两年……她已经放下手中的吹风器,拂掉我衣服上的碎发,递上来一条热手巾。结束,狂想消失,回到现实。

47

现实是,理发使我年轻一次,同时又走向衰老一步,规规矩矩,一如镜框套镜框之井然的比例。现实是,我会再来,她也将仍在。

(选自《情人眼》)

灵感速记

（一）

流年并非偷换，它走过来，走过去，不断大声吆喝。那一个一个节气，一个月一个月账单，一波一波纪念日，对了，单说纪念日吧。二月有个湿地节，注意啊，现在水鸟没有家，将来你我也没有家。又有一个情人节，修补人和人的关系啊，它最禁不起损耗。三月有个爱耳节，又到了检查听力的时候。月底有个水节，知道吗，几十年后我们也许无水可用。……直到年底，这一天提出警告，吸烟的人又增加了多少，也就是说，心肺疾病的患者又将增加多少；那一天又提出警告，森林的面积又缩小了多少，也就是说,水灾旱灾又将增加多少。

当然,岁月并不都是这样黯淡。新年来了,一片恭喜之声,二十四番花信风吹过来了,万紫千红,又是一年浮瓜沉李,又是一年绿蚁新醅酒,红泥小火炉。还有你的六十七十大寿呢,还有你家的弄璋弄瓦之喜呢,还有新屋落成,檐前燕燕于飞呢,还有你中过奖、和过满贯、看你的情敌落发为僧呢。年华似水流过的时候,你还和它握手、拥抱,几乎要随它同行呢。你也送过旧、迎过新、放过鞭炮呢。

流年并非脱掉鞋子、蹑手蹑脚、像一行小老鼠走过,它是前呼后拥、人喊马嘶、像火灾一样出现。有一个人受不了那一波一波夺神丧魄的噪音,干脆把自己弄成聋子,有一个人不能发现这个场景,最后变成呆子。

(二)

一头大象从马戏团里逃出来,他一直逃,一直逃,只有逃的时候才觉得安全。

恨别鸟惊心,鸟一直生活在第一级警戒之中,可能因为看不见正前方,紧张左右扫瞄。好像只有空中飞行才自在。

没有地图,或者有一张画错了的地图。有了定点,来了恐慌,房屋城郭比山脚水涯可怕,四壁都是压力。

后来,那头大象怎样了?那只鸟怎样了?

(三)

"家祭无忘告乃翁",并非"王师北定中原日",而是时过境迁,水落石出,这个人的动机是什么,那件事的真相是什么,结果怎么会这样、会那样,乃翁到死纳闷。多年以后,闷葫芦一一打破了,家祭时,别忘了告诉"他"。

"无忘"二字,诗人洞察人情,他知道时间会使前代天大的事到后代无足轻重,趁着自己还有一口气,叮嘱儿孙不要忘记。

(四)

"登泰山而小天下"?我说登泰山而后知天下之大。"谣言止于智者"?我说谣言起于智者。"此心安处是故乡"?我说不能安心,但能安身,他乡也成了故乡。"不是冤家不聚头"?我说是聚了头才成为冤家。"金人三缄其口"?我认为"金人无喉舌,安用三缄口"?"三十功名尘与土"？我说过三十功名连尘土也没留下。"早起的鸟儿有虫吃？"我说过早起的虫儿被鸟吃。(柏杨拿去做了书名)。

天下事一言难尽，所有的名言都留下空间。名言流传千年，读者见惯，到今天，反应微弱了，反过来用，可以开发它的新价值。

(五)

写作如打麻将：枯藤老树昏鸦，123条／小桥流水人家，123饼／西风古道瘦马，123万／夕阳西下，对子、听牌／断肠人在天涯。碰！和牌。

写作如炒菜：越王句践破吴归，肉丝下锅／战士还家尽锦衣，作料下锅／宫女如花春满殿，大火爆炒／而今惟有鹧鸪飞！熄火起锅／

(六)

"棺材有侵略性"，那么，手枪也有侵略性。

那么，想想那些名句：山光入酒杯，两山排闼送青来，红得有毒，黑色贴在我的眼睛上，芳草黏天，绿色拥抱我，颜色也有侵略性。

还有什么是和平的?

(七)

游湖遇雨可不是玩儿的,因为那是一场夏天的雷雨。湖面空旷,没有任何依傍遮盖可以生苟安之想,而密密的雨柱不啻一张电网,有千万条线可以接通天上的闪电。小舟摇荡,舟中游湖的人都面无人色,只有一人泰然自若。登岸以后,有人问他怎有这么大的胆子,他说:"没什么,我在湖中一直思量生平认识的那些恶人,他们都健康长寿,一想到他们我就有了信心,像我这样一个安分守己的人,是不会在湖心横死的。"

(八)

戏台上响着锣鼓,锣声那么响亮,连地狱里的鬼魂都听得见。我找到自己的座位,松一口气。我说,希望今天曹操不要逼宫。同来的朋友说,剧情早就编好了,戏码早就排定了,曹操不逼宫,你叫他干什么? 我说,你看这场面,明锣明鼓,万头攒动,伤天害理的事,他怎做得出来? 朋友笑了。这些人都知道曹操会逼宫,他们来就是为了看这一幕。他们和曹操之间有默契。我将信将疑,可是,他的话果然。

(九)

一个文弱清秀的人来看医生,满面愁容。他说:"每逢坐船过海,我站在甲板上望水天一色,就有一种冲动:想跳下去。每逢登上高楼大厦,看见地面上行人像蚂蚁,汽车像火柴盒,就觉得跳下去有多痛快。医生,您看我会不会有一天失去控制,纵身一跳?"医生安慰他一番,给他一服镇静剂。

过了几天,又有一个高大健壮的人来看医生。他说:"每次乘船过海,站在甲板上看那汪洋一片,无边无岸,我就有一种冲动,想把站在我旁边的人推下海去。有时候登上高塔,跟同游的人伸出头去看塔外的风景,我又有一种冲动,想把同游的人推出塔外。您看我会不会有一天真的做出这种事来?"医生又说了许多话安慰他,给他开了一服镇静剂。

医生对护士说:"我现在才知道,世界上有两种人,一种人自己想跳下去,还有一种人想把别人推下去。只要这两种人配搭得好,世界是很可爱的。"

（十）

丈夫得了暴病，突然死亡，死前用他仅有的几秒钟时间，指着摇篮，望着太太，口里说："孩子，孩子！"

太太连忙俯在他的身边，轻轻地说："我一定好好抚养他，让他做个堂堂正正的男人。"丈夫断了气，眼睛是睁着的，他还有什么心事，太太始终猜不出。

丧事办完以后，痛定思痛，太太这才恍然大悟：前年丈夫生过一场大病，痊愈以后，右耳失去听觉，她这几年都是站在左边跟丈夫谈话。不幸临终慌乱，而且只有几秒钟时间，一时忘了选择，她最后的誓言是俯在丈夫的右边说出来的，恐怕他并没有听见。

太太年年带着孩子到墓地去，重新再说一遍："我一定尽力抚养他长大成人，让他做一个堂堂正正的男人。"声音很长，而且站在死者的左边。

（十一）

教授说："用一个比喻形容敏感。"学生说："蜗牛的触角。"

教授说："用一个比喻形容痛苦。"学生说："蜗牛在干

55

燥的土地上爬行。"

教授说:"用一个比喻形容方便。"学生说:"蜗牛带着自己的房子走路。"

教授说:"用一个比喻形容自私。"学生说:"一个蜗牛绝不让另一个蜗牛钻进它的壳里。"

教授说:"用一个比喻形容危机。"学生说:"蜗牛把它的壳弄丢了。"

教授问:"怎么说来说去都是蜗牛?"学生答:"因为我的名字叫蜗牛。"

(十二)

我的心是磁石,你的心是一块铁。

我的心是磁石,你的心是一块很大的铁。

有一天,你的心碎了,我把你的心一小块一小块吸过来,再重新组好。

(十三)

女儿到了"寂寞的十七岁",自作主张买了一条牛仔裤。星期天上午,大门外有男孩子吹口哨。

母亲越想越不放心,就让女儿转学进了一家管理严格的教会学校。毕业的那一天,女儿决定去做修女,母亲阻挡不住,哭得像个泪人儿。

丈夫安慰她:"你不是希望女儿学好吗?修女是世界上顶好的人。"母亲说:"我是希望她学好,但是我不希望她好到那种程度啊!"

(十四)

有人养了一只鸟,那是他最心爱的东西,每天侍候它,欣赏它,连做梦也梦见它。

可是,有一天,鸟不见了,他忘记把笼子的门关好,鸟飞走了。他实在心痛,很想把那只鸟再找回来,看见鸟就注意观察,听见鸟叫就把耳朵转过去,可是那些鸟都不是他的鸟。

有时候,他看见成群的鸟,他希望那只鸟就在里面;其实就是在里面,他也认不出来,不知道到底哪只鸟是他的鸟,他只有爱所有的鸟。

从此,他变成了一个爱鸟者,一个保护野鸟的人。

（十五）

蝌蚪是血变成的。

从前有一个人,受了重伤,死在水边。他的血液点点滴滴落入水中,变成蝌蚪。他死得好不甘心。现在蝌蚪怎么会是黑的呢？因为年代久远。放置太久的东西总会变色。

有一天,蝌蚪会再变红,那是当它的仇敌的后代来到湖边的时候。

（十六）

顾客走进豆浆店,坐下,对老板说:"来一碗甜浆!"喝了几口,顾客叫道:"老板,再加一点糖,豆浆不够甜。"加过糖,顾客唏里呼噜一阵,又叫:"老板,太甜了。再加一点清浆。"他来喝一碗豆浆,临走,肚子里装进一碗半。

后来,在教堂里,老板和顾客碰了面。顾客握着老板的手,很亲切地说:"真对不起,我以前喝豆浆那么噜嗦,存心想占你的便宜,我现在皈主了,昨死今生重新做人,请你原谅我的过去。"

豆浆店的老板也说："我也一心皈主改过迁善。从前你每天来喝豆浆，我都偷偷地朝你碗里吐口吐沫再端给你，现在想起来，后悔得不得了，也请你原谅我。"

顾客听了，把手抽回来，出其不意地给老板一个耳光。那清脆的响声震惊了教堂里所有的人。"我不原谅你，"天天喝豆浆的人指着豆浆店老板的鼻子说，"我到死也不原谅你，你去下地狱吧！"

(十七)

我多么希望能有美丽的错误，我见过许多错误，可是都不美丽。

错误是一个病灶，钉在X光底片上；是一张付不清的账单，每月催讨，带着折磨；是一场五月的大雪，杀死花蕾、蝴蝶的幼虫。

飓风是空气的错误，海啸是水的错误，癌是细胞的错误，战争是上帝的错误，还有，某种幼稚的政治狂热，是青春的错误。

美丽的错误只存在于迷幻药里，我犯过许多错误，只有错误，不见美丽。

(十八)

蓝天是母亲的眼睛,乌云来了才眨一下,而游子是西沉的太阳,从她的眼底流失。暗夜,母亲永远休息了,星月,她不能瞑目。

(十九)

胡琴,江湖夜雨,凄凉呜咽,鸣一腔不平,辞不达意。孤单,就没有反抗的意思,不像锣鼓。哭完了也就算了,留些力气下次再哭。

(二十)

冬天不能改变四季,但是他想伪装春天。

这就是为什么历书举起告示牌,立春,惊蛰,春寒依然料峭。

冬天说,我就是春天,我使野草泛绿了,我允许去年种下的球根冒出新芽,当然我也有权力下一场雪把它们盖住。

你看柳枝变软了,由他;迎春花开了,由他;我是春天,这些现象应该在春天出现。白天阳光温和,夜间的星辰仍是冰做的,证明我仍然在位。

可是春天不仅仅如此。冬天不断提高演技,越装越像,渐渐的,它不像他自己了;渐渐的,他不知道怎样再做他自己了……

最后,冬天真的变成春天。

(二十一)

"东坡肉"是一个文人的私房菜,从苏东坡的性格和当时的环境推断,它的做法应该很简单,后来落入专业厨师之手,工序和作料就复杂了。如果东坡先生今日复活,他会吃到他从未吃过的东坡肉,他怎么想?

他喜欢吃肉,下放黄州那些年,尤其爱吃猪肉。他享年六十六岁,或者六十四岁,后世惋惜他死得早。倘若东坡今日复活,有血压、胆固醇之类的常识,他出席今日诗人的欢宴,重逢当年百吃不厌的红肉,他举起筷子,会怎样想?

秦始皇虽然并未把阿房宫盖好,他确实建造了一些规模比较小的宫殿,也很奢侈华丽,后世数落他的罪状,用阿房宫的工程概括代表他大兴土木劳民伤财。

如果秦始皇也能在今日重游西安咸阳,他当然重游阿房宫的旧址,他当然看见今人已经在那里建造了一座阿房宫,他做梦也没想到,阿房宫可以如此宏伟壮丽!除了阿房宫之外,西安市还有许多高楼大厦,园林亭台,种种奇形怪状,奇技淫巧,奇思妙想,尤其到了夜间,霓虹灯打开,人间恍如天上,秦朝那些良工巧匠,不过把各色油漆涂在木材上而已。他会怎样想?

(二十二)

来到书法联展的会场,满眼都是老头儿,出门在外跑码头不兴留胡子,可是斩草不能除根,那唇上一把青,唇下一把青,分明俱在。

未看墙上的点撇捺,先看脸上精气神,书法家都长寿,平均寿命比高僧多七年,比皇帝多一倍。写字也是运动,四肢百骸都用力。写字也是养气,五脏六腑都受用。写字也是修行,清心寡欲,脱离红尘烦恼。

再看四壁琳琅,每一笔一画,都是灵芝仙草,每一个字都是长寿的密码,每一幅字都是长寿的宣言,每一位书法家都如日之升,如月之恒。这些对联,条幅,横批,斗方,互相呼应,来一次长寿大合唱。

　　座中年纪最大的前辈一百零三岁,他的夫人,也是书法家,一百岁。应该有人为他们写一副对联:西望瑶池降王母,东来紫气满涵关。同门同好加上弟子,都是长寿的人,这真草隶篆,颜柳欧赵,都是你们的长城,都是你们的宫殿,一步踏进你们的领土,我觉得伐毛洗髓,飘飘欲仙。

　　长寿有秘诀,百家争鸣:要长寿,吃羊肉。要长寿,多看秀。要长寿,来念咒。要长寿,走透透。来到书法联展的会场一看,要长寿,别管合辙押韵,去买几支毛笔。

　　海外看大书家写字,看五千年来家国,十万里地山河。看上通天心,下接地脉。看前有古人,后有来者。看同座知音见知音,同本同源同气同声,看中国的人,中国的心,真正的中国人。

(选自《灵感》)

茶与心情

妻爱喝茶,我也跟着成为会喝茶的人。

丈夫打牌,妻子也学会打牌;丈夫喝酒、妻子也跟着喝酒,丈夫抽鸦片;妻子后来也抽鸦片,那样的人我都见过。共同生活的时间越久,彼此相同的地方越多,最后有相同的命运,家庭、社团、政党乃至民族,都可能如此。每逢和妻一同喝茶的时候,我就想到一个名词(也许是形容词):同命鸟。

妻有几位朋友讲究茶道,她们家中的茶都是极品,普通商店里难以买到。中国文化嘛,她们总是把好东西送给朋友,而且品级随着交谊的时间升高,所以舍下的茶越喝越好。如果茶可以分成ABCD四级,你一旦喝到B级茶,就再也不肯喝D级的茶了!人天生有比较的能力,只怕他从来没喝过茶,从来不知道有茶,只要喝过一种茶,他就对另外一种好奇,只要喝过两种,他就能分出优劣,只要尝过好的,一定舍弃比较坏的,除非万不得已,不会再退转到以前。人对两种制度、两种艺术作品、两种人生哲学也都一样。

常言道:"粗茶细吃,细茶粗吃。"好茶都泡得浓,慢慢用唇啜饮,近似饮酒。酒使人喧闹,茶使人安静,妻说话本来就调子慢,这时加上轻声细语,国事家事都显得和平安详,化解许多争执。日子多了些甜美,茶的回甘里有生活的回甘。这一类效用,送茶来的朋友万万想不到。

喝茶的时候,妻总是对我数说茶的来历,念诵朋友的名字。我的口味越来越挑剔,妻会说,我给朋友惯坏了。妻认为人喝水所以要放茶叶,是因为河水井水都有腥气,白开水喝了反胃,把某些树的叶子烧焦了,泡在开水里,可以改善,所以"只要是茶叶就好"。不过招待亲友的时候,她也一定把家中最好的茶拿出来,即使那茶叶一时无处可买而家中又所余无多了,也算是中华文化吧。

我们老两口对坐饮茶的时候,妻时常数说牵着小儿小女上茶楼的日子。那时儿女也爱喝茶,现在他们不喝茶,喝咖啡,偶尔回老巢探看,也不肯再上茶楼。妻常常轻声自语:绿茶可以防癌,他不喝;咖啡因可能致癌,他们倒放心喝。我们可以为他们做许多事情,只是不能使他们再上茶楼;他们也能为我们做许多事情,只是不能再陪我们喝茶,即使是极品好茶。

他们还记得喝过的茶吗?他们拿咖啡跟茶比较过吗?我想,也许有一天(也许是快要退休了吧)他们又喝茶,也去置备一套宜兴陶做的茶具。有一种力量可以使他们再喝茶,那就是中华文化。

(选自《白纸的传奇》)

牢笼·天井·蚕

牢　笼

记得当时年纪小,我总爱看那一列远山,那山像高墙一样立着,给我的视界画出疆域。据说那些山离我家两百多里呢,隔着这么远的距离,这么厚的空气,山的质地变薄了、脆了,几乎是半透明的了。

到底并不透明,我看不见山外的景物。

其实,就算没有山,人的目力也看不了那么远。

可是我总是怪那山碍事。怎么能长一对翅膀,飞过那山——那半透明的高墙,看看墙外的世界才好。

多年的朝思暮想之后,我越过那山,到了墙外,放眼望去,远处是另一列山,另一堵高墙。

后来我坐了船,在充满了弹性的海面上望那水天相接的一抹。高墙是不见了,却有一条灰沉沉的缆索围住四周,它强韧、粗暴、阴阳怪气。

我希望船能增加一倍两倍的速度,早些走到缆索的圈外。

我是越过了那缆索,可是缆索之外还有缆索……还有缆索……

一圈一圈的缆索套住了船,任它钻进钻出。

看来尘土云月都是多余的了,不如索性让原先的栅栏圈着,省掉了多少鸡声茅店,人迹板桥!

记得在奔波途中,我看见过这么一个家庭:住在深山里,森林和岩石替他围了个天井。他们世世代代守住那个巴掌大的方块,充其量不过是把炊烟升到岩顶随风散去,不过是把黄叶扫进溪中、流入平原。

那时,风尘仆仆的我们,瘫痪在他们的天井里,掬溪水解渴,望着炊烟喘息。他们全家出来看行人,像是在看一种从未见过的动物。

他们问:那些人究竟要到哪里去呢?

他们并不解:这些人为什么要走这么多的路呢?

他们认为,这些男孩子走了这么远的路,怎能长大成人呢？这些女孩子走了这么远的路，以后怎能生儿育女呢？

我们装作没听见，从身旁的荆棘上取下针来，刺破脚上的水泡，拉紧草鞋，背起沉重的背包，咬一咬牙，又走了。

我们笑那些人活在笼子里。

我们怎知道，人并不能真正走出他的牢笼呢？

天　井

有些东西是你我视力健全的人看不见的，例如命运。要算命，得找双目失明的专家。

那"瞎先生"怎么说？他掐着手指，翻着眼白，口中一番喃喃之后，断定我长大了不守祖业。

据说，"不守祖业"有两个意思：败家或漂流。于是引起一场争论：是败家好还是漂流好？那年代，有人认为异乡是可怕的地方，世上以自己内室的卧榻最安全，家长留给爱子的，除了产业，可能还有鸦片烟瘾。让孩子躺在那儿随着豆大的灯焰一块儿安安稳稳的消耗吧！最坏的打算，最好的安排。另一个极端则是，为什么让祖传老屋的灰尘把你埋在底下？男儿志在四方，蛇伏在树洞里永远是蛇……

争论未定,时代就用挤牙膏的方法把我挤出来。从此无家,有走不完的路。路呀,你这用泪水和汗水浸泡的刑具!我终生量不出你的长度来。征人的脚已磨成肉粉,你也不肯缩短一尺!

走着走着,一个同伴,对美术特别有兴趣的,发现了命运对我的嘲弄。"你的腿为什么这样长?你下肢的长度和上身的长度离标准比例太远了。难怪你迈步比别人吃力,每天你总是第一个先累倒!像你这样的体型,应该永远守着你的天井……"

那一阵子,我忽然觉得我好喜欢天井。

直到有一天,头顶上炮弹的炮片成伞,人人伏地把身体贴得很薄,一个通晓相法的老兵安慰我:"你不会死。"为什么?"你的罪还没有受完。"为什么?"你的腿很长,注定了还要走很多路,很远很远的路。"

我是不会有一个天井了,可是这又为什么?既要我飞,又不给我有力的翅膀……

可怪的是,时常有人称赞我的腿,说它是跳华尔兹的腿,打篮球的腿。在这世界上,误解总是多于了解,是不是?

海水和蚕

我果然成了滚动的石头,一如相士所料,我是在传播迷信吗?

我望海水,想那句老话:"有海水的地方就有中国人。"

中国人最像海水了,一波一波离开海岸,退入一片苍茫,一波一波地冲上岸去,吮吸陌生的土地,

"道路流离"是我们传统的一部分,连没有海水的地方不是也有中国人吗?

我仔细观察他们,他们的腿并不特别长。他们也漂泊,不守祖业。

出来看看,看见各民族、各国都有漂泊者,大城市大港总是人种荟杂,黑肤白肤,碧眼青眼,金发褐发,形形色色。他们或他们的祖先都随着潮势、水媒花一般的落地生根了。我一个一个看他们的腿。他们的腿也寻常。

当时代下手鞭打一个人的时候,并不先检查受难者的腿。漂泊者若有共同的命运,跟他们的腿实在没有多大关系,因素不在外形,在内心。内心是我们看不见的。有一种寄生虫咬他们的心,咬得他昏热、疯狂,自动成为

一类。他们全是这种虫子的寄主。这种寄生虫也是隐形的。

既然腿长腿短都可以做漂流的人,为什么命运偏要作弄我呢?我为什么既须远行又不良于行呢?为什么让那洗衣板似的道路特别揉搓我、那热铁皮一样的道路特别煎熬我?

也许我能从养蚕得到启示。蚕,经过蚂蚁一般的年代,毛虫一般的年代,木乃伊一般的年代,每一次都有突破,每一次突破都很痛苦。它留下一种成品——有细致的纹理,隐隐的彩色,可以演绎成很长的条理,罗织成一大片一大片材料。蚕,一定要闷死在自己的框框里,它的作品才完美,倘若咬个破洞钻出来,那茧就没有什么可取了。一条蚕只宜结一次茧。

有没有一种蚕可以结了一个茧再结第二个、第三个呢?

有,它的别名叫做"人"。

(选自《海水天涯中国人》)

苹果坠地时

公共汽车也有不挤的时候,例如夏天的中午。

亚热带的夏天,晴朗的中午,凡是能按照自己的计划支配时间的人,都知道他这时候应该在屋顶下,电扇前,那不能按照自己的计划支配时间的人,只好依照别人的计划,搭乘公共汽车。那时,五十年代,铁皮围成的车厢闷热,没有冷气,车窗也没有窗帘。那时公车靠窗摆列长凳,中间是通道,也是乘客站立的位置。

中午,车向西行,车厢的一半向阳,一半向阴。有一个乘客中途上车,他看见有一条长凳空着,走过去,坐下,啊哟一声又站起来,浴满阳光的木条如热铁一般烫人。他这才想起来,难怪乘客都向一侧集中,半边肩靠肩坐满长长一排人,半边空荡荡没有一个人。那天,那时,台北市所有东西对开的公车都使用一半,废弃一半。

看那长长的一排乘客,排头第一个,一个母亲带了一个小女孩,排尾末一个,也是一个母亲带了一个小女孩,她俩互不相识,分别坐在长凳的两端,中间隔着许多陌生人。排头的那个小女孩,手里拿着一个苹果,那年代,苹果还是进口的奢侈品,特别引人注意。片时同车,人生中毫无意义的聚散,一件偶发的小事把她俩联系起来。

车身猛烈的震动了一下,(那时马路上常常有坑)苹果由小手里掉下来,顺着这一排乘客的脚尖滚,车子往前开,冥冥中有一股力量向相反的方向牵着苹果。制造汽车的人为了清洁工人便于冲洗,在脚下的板面上设计了一行一行直线形的凸凹,现在正好做苹果的轨道。苹果的色泽鲜明照眼,孩子的表情天真可爱,加上母亲又很美丽,座中的每一个男士都弯腰向苹果伸手,可又不好意思太热心;刹那间,多少条手臂次第伸直,好像旧式商船的一排桨,可是谁也没有拾得。

长凳末端的那个女孩把眼睛睁大了,她以一个女孩对心爱之物特有的敏捷,把滚到面前的苹果双手抓住,捧在胸前。然后她定睛看排头的那个女孩,苹果原来的主人,而那个孩子也一手扶在母亲膝上,向对方注视,两人谁也没说什么,谁也没做什么,各自想着自己的心事,并猜测对方的心事。她俩都很讨人喜欢,都被母亲打扮得十分精致,如果这是一幅画,作画的人都忍不住在她们每个人的掌上画一个又大又红的苹果,可是现在苹果只有一个！车上的人望着两个母亲,两个母亲望着自己的孩子。

很快,拾到苹果的一方做出决定,她一手举着苹果,一手扶在众人膝上,歪歪斜斜走到失主面前,只听得那个美丽的母亲在嘱咐:快说！谢谢！这一个女孩照说了,把苹果接过去,那一个女孩一转身,仍然想扶着众人的膝盖,她的手落在众人的手掌上,大人们纷纷伸手迎接,一排大手搭成一条有弹性的栏杆,此起彼落,只听得一串好孩子！真乖！

她兴奋得连呼吸都有些困难了,好容易,像经历了艰苦的奔波一样,连头扑进母亲的怀里。母亲的嘴唇在她耳朵旁边煽动,我想,大概是说,下车后,我们买一篮苹果回家！

(选自《白纸的传奇》)

向绿芽道歉

我喜欢球根的花,球根白白胖胖,捧在手心里像个婴儿,冬天,地面只有雪,我知道生命还在院子里。

去年秋天,妻决定种些郁金香。我们买来球根,合力在地上掘出许多坑洞,坑洞里的土壤用一种特制的碎木屑掺和了,松松软软,像布置襁褓。我们走后,松鼠一定来寻找可吃的东西,园艺家早已知道,松鼠的能力只能掘到离地三英寸,所以立下规则,球根要埋进六英寸的坑里。这就叫人为万物之灵。

第二年开春,郁金香的嫩芽一个个冒出地面,天真可爱,我们天天察看它们成长的进度,只有一处完全没有消息。我判断买回来的那一袋种子里有一个废品,妻不说什么,抓起铲子,跪下去,把它挖出来。

妻说:"你看!"她把球根托在手心里。

我看见了什么?绿芽早已生出来,而且很粗壮,不过它先向下生长,再折回来向上,尽管长度超过同伴,却还不见天日。原来我把这一颗种子放颠倒了,把它送上绝路,它暗叫一声"大事不好",来个一百八十度的大转弯,自己救了自己。

它的线条坚韧硬挺,浑身充沛不屈不挠的倔强,而且带着愤怒。

我好像受到了惊吓,说不出话来。

妻把它移到花盆里,半身裸露土外,让嫩芽完全自由,放在窗台阳光充足的地方,偶尔浇一点水。我不知道妻是怎样调理的,蛇身一样走投无路的芽,慢慢找到了方向,慢慢地,它站直了。这期间,我对它说了无数次"对不起",不过在阳光照射下,它反射回来的依然是怒容。

它"出院"的那天,我们殷勤地、慎重地把它移到户外,种回原来的地方。它比同伴长得更漂亮,现在,它头上是白云,身旁是春风,天广地阔,自由自在,可是我觉得它余怒未息,跟那些同伴并不完全相同。

我们只有默默地望着,偶尔浇水,望着她们长出叶子,长出花蕾。

有一天,她们的花全开了! 郁金香的鲜艳夺目是逼人的,我只注意其中一棵;她是那种充满自信的红,我只注意她的神情,她跟所有的郁金香一样,很美丽,很专注,很光明,很和平,像是从天上降下来,不像是从土壤里长出来。她摆脱了那个痛苦的过程,并没有开出一张魔脸来。

她,是这一小片花圃里最动人的一棵,如果花是天使,她就是天使长,好像是,既然成长艰难,她就要开得更美。

看见她"走出来",我也跟着走出来。我对妻说,我们要做点什么来纪念这一天。

妻说:明年,每一颗花球都会变成两个,我们来种更多的郁金香。

(选自《白纸的传奇》)

平仄边缘

我一生写白话文,和中国的旧体诗却也有缘分。

话说一九三七年七月七日,卢沟桥事变爆发,日军沿津浦铁路南攻,在我的家乡大战一场,史称临沂会战。那时我小学念到六年级,学校宣布停课,我逃难,打游击,然后读家塾。因为全家一再迁徙,我先后换过三处私塾。第三位老师是我的本家爷爷,他教我除了念"四书五经"和唐诗,还教我写旧体诗。他住的那个村庄叫插柳口,我有《插柳学诗》一文记述经过。我在插柳口的作品,今天皆不值一提,一九四二年夏天,我远离家乡到抗战的大后方去做流亡学生,行前呈上七律一首,向老师辞别。这首诗经过爷爷老师亲笔修改,高出我当时能达到的水平;如今要拿出插柳学诗的成绩,倒是可以抄出来见人:

一代书香共酒香①,人间劫后留芬芳。
祖宗基业千斤鼎②,乱世文章九转肠。
盏底风波问醒醉,梦中歌哭动阴阳③。
有情童子无情树,回首凝望柳几行。

注:① 这位爷爷老师喜欢喝酒。② 他是一位进士的独子,声望很高,也相当富有,但抗战时期是乱世,家财是各路英雄觊觎的目标,声望又是各种势力争取利用的刍狗,倘若应付不好,可能家破人亡,他肩头的压力很大。处境如此,还有热情教育我这个后辈童子,我至今感激。③ 他往往酒后长歌当哭,声震四野人称酒疯子。

我到安徽阜阳投入国立第二十二中学。那是一所战时体制的学校,军事管理,军事训练,同时依教育部制定的课程标准教学。那时对日抗战进入第五年,我们这群初生之犊,一脑子"宁为玉碎","我死则国生",个个豪言壮语,不落人后。我入学后不久就写了这么一首诗:

千里人争投,名城布远猷,莘莘别故里,琅琅成新讴。

烽火照鱼鲁①,泥涂断客邮,弦歌杀伐意②,史地苍生谋③。

吞铁吐钉子④,枕流漱石头,斗牛看剑气,山水访貔貅⑤。

画天神笔在,指日妖氛收,预立他年志,汗青写颍州⑥。

注:① 战时艰难,教科书一律在当地石印翻版,石印要经过一道抄写的程序,因此错误不少,老师照例在授课之前要先"修改"课文。② 当时音乐课一律是激昂慷慨的抗战歌曲,歌颂战争,鼓励杀敌。③ 史地课处处联系战后如何建设国家,所谓"一面抗战,一面建国"是也。④ 战时生活很苦,军事训练更故意自讨苦吃,例如煮饭时米中掺沙,过河时有桥不走,集体涉水等等,所以增益其所不能也。⑤ 军训课程,教官带队访问附近驻军,见贤思齐,同时认识附近地理环境。⑥ 学校设在安徽阜阳,宋代的颍州,名将刘锜曾在此大破金兵。

这首诗也是经国文老师李仲廉先生修改过的。那时诗人都大呼推翻平水韵,我那时手头也没有诗韵集成,出韵了没有在所不计。

这是我在祖国最后一首"诗"。其后我一跤跌入白话文学,也就是所谓新文学,没再碰平平仄仄,这一荒废就是四十多年。七十年代在台湾倒是读了许多传统诗,认真诵读唐代的杜甫、李白、李贺、李商隐,诵读宋代的苏轼,诵读清代的王渔洋、龚定庵、黄仲则、黄遵宪,可是从没起过学步之心。

一九七八年我来美,一九八五年以后与大陆通信,陆续找到当年的老同学,彼此都是隔世为人,垂垂老矣。人到了某一年龄,往往重新去做他年轻时做过的某几件事情,对于我,就是又做起了旧体诗。当年年纪最小的同级同学陈培业,从南京浦口来了信。在阜阳的时候,我们大多数人是十五,十六岁,他只有十三岁。一别之后,中国天翻地覆,该经历的他都经历了,轰轰烈烈的抗美援朝之后,归于平淡,以资深优秀教师退休。我心潮汹涌,立即赠他以诗:

翩翩最少年,闻鸡投笔起。出入祸福门,锻炼冰炭里。

北塞执干戈,南疆植桃李。情共青天老,心比明月洗。

大江推前浪,太苍散稊米。梦中执手问,同侪尚余几。

我这时是黄遵宪的信徒,平仄韵脚一概自由。我写这首诗的时候充满了感情,培业兄说他读的时候也是。这是一次良好的沟通,以后,为了找到了谁,或者为了找不到谁,我常"吟诗一首"。有位杨书质先生,是我们从军后的长官,少不更事的我们,多亏他照应。我找他真费尽了力气,愈找不到愈要找,不服气。除了想尽办法刊登寻人广告(那时国内报纸尚不甚习惯接受寻人广告),我曾赋寻人诗一首,遍投河北、山东、辽宁、上海各报发表,希望他能读到。诗题为《寻杨书质先生不遇》,诗云:

常念杨夫子,戎马一英雄。秦月汉关路,白山黑水城。

冷齿论豪强,俯首启童蒙。刚胆能伏虎,傲骨不从龙。

处处风波涌,岁岁石榴红。烟尘迷踪迹,画图思音容。

鱼雁成何用,龟筮竟无灵!今生未了愿,但得一相逢。

这首诗的作用不大,倒是寻人广告有不少反应,寻人的努力持续了好几年,最后是靠河北省沧州市统战部的热情和大力,杨老师在人寰尘雾中冉冉呈现。统战部的王建国先生是个中关键,我在此再一次感谢他!

老同学中有位才子,姓程,当年和校中美女有一场热恋。霹雳一声,日本投降,东下复员,各奔前程,两人从此分离。我找到这位程同学的时候,他的罗曼史已结束了四十多年,可是程才子依然忘不了,放不下,魂系梦绕,都是伊人。他坚信伊人心中,亦应如是,只要他写的信能到伊人眼底……他烦闷忧郁,仿佛维持,简直无法像常人一样生活。他的"病情"吓坏了我。我略识伊人,知道绝对无此可能,就写诗给才子,劝他不要自苦。这一次我想写七律了,我喜欢七律,插柳学诗的作业也是七律最多。

其 一

秋波去后情天斜,青岛迷踪只自嗟。啮臂成盟同水月,点唇得句付喧哗。

奇花欲绘空无色,恨海难填生有涯。但得几时春蚕破,碧空芳草一望奢。

其　二

不劝多情劝忘情,从来山海是虚盟。回肠付与曲三叠,旧梦化成棋一枰。

天外忽然通妙理,人间何苦留痴名。落花流水皆风景,莫作伤春太瘦生。

他读了我的诗并没有丝毫改变。我技止于此,自叹诗写得差,没能感动他。不过四年以后的今天,他的语气开始松动,也许是"时间能解决一切问题"。我的诗起了多大或多小的作用,不知道。也无须知道。

我自问写旧诗的潜力有限,诗兴诗才生于一时激发,在我的创作中只能是个短短的插曲。诗,我是不满意,可是如今没人给我改诗了。想当初学诗抱着玩玩的心理,并未用功,现在"疯爷"远去了,李仲廉老师远去了,抚今忆昔,"树欲动而风已息"也是一种痛苦。这一次旧诗小复辟的高潮,是我用杜甫"秋兴八首"的韵脚写了八首七律。这时我已懂得"诗宜醉",学会了"将真事隐去",谨录最后一首,聊充"曲终指拨当心画"。诗曰:

流年逝去路逶迤,雪满危峰绿满陂。新味初尝纸上饼,暗香远送月中枝。

丹成剑化鼎炉净,柯烂石穿斗柄移。多少盈虚消长事,呼朋隔水看云垂。

(选自《有诗》)

告诉你

我喜欢看地图。我可以从图里找到你。图上一片均匀鲜明的苹果绿,恰像我们坐过的草地。我不看棋子一般的黑点,只看棋盘上的空隙,因为你在那空隙里。

告诉你,地图这件东西要多神秘就有多神秘,它可以把你的故乡、你的国家排在平面上,缩进你的口袋里,让你带着千里万里奔走,再大的城市也不过是一个黑点,一个像蚕子一样的圆点就淹没几十万人,遮住多少高楼大厦。像你住的小镇,还不够聚成图上的一个点呢!镇太小了,那个被称为地理学家的魔术师,只好把你丢弃在一片绿茫茫里。那里本是你一向喜欢的草地,我不放心的是,春草可年年仍绿?春风可年年仍柔?

啊,绿啊绿,绿得我想卧下去吃草,想长眠在根下土中不再起身,在昏黑潮湿中等着听你踩下来的脚印。每逢我这样想的时候,地图上那些碍眼的点,碍手碍脚的线,一律忙不迭地向后退,向后退,退出我的视界,绿色的平面随着放大,放大,接地连天,再没有别的影子。我能看清地上每一片叶,叶上每一颗露,露里每一个你。绿将我包围,将我覆盖,将我深埋于万丈之下,你在万丈之外缓缓行来,我能感觉到你的压力。知道你踩弯了什么草,踢碎了什么花。我知道你的裤管离脚面几寸,知道你会在我头顶站住。

就是这样,我被埋葬了许多年。

听说某大学的图书馆里锁着一部地图,不轻易打开。我偏偏想看,想得要命。告诉你,我终于看到了!我只看到跟我们共同有关的那一部分,当然,已经够了。这部地图真详细,你住的小镇,我住的小镇,赫然画在上面,而且有一粒仁丹那么大!像我们年轻时常游的小河,也画得清清楚楚。小河在镇外流过的时候不是转了个弯吗?我们不是常常在水弯里走来走去吗?连那个水弯都画出来了。当时,我简直以为我已经死了,我的灵魂回去了。

那条小河现在怎么样了?想到它,我觉得渴,渴得要命,想拼命喝水,而且只想喝那条小河里的水。我们是喝它长大的。它是云的镜子,鸟的镜子,我们的镜子。当我们懂得为人生哭泣时,我们的眼泪大部分是落在河里。我们能看得见自己哭泣的模样,看得见泪珠在跌入河水之前最后的闪光,看见水面的淡妆被泪击碎时那一阵美丽的扰乱。哭泣之后的渴是真正的渴,于是我们掬水而饮,饮自己的泪,也饮对方的泪。

对着地图,对着河,我渴,我的泪潸潸而下。渴中流泪是真正的悲酸。在大学图书馆幽暗的一角,我哭到打铃下班。愈哭愈渴,不能相信自己体内有那么多的水,一定是血变了水再流出来。上帝恕我,我一时粗心,淹了那本珍贵非凡的地图。管理员跑来斥责我,像呵斥一个小孩子。他们宣判,我永远不能再到这里来看书,这是很严重的处罚,不过,没有关系,我完全不想再看别的书,我已看到自己的梦,自己的魂。告诉你,一点关系也没有。

我说,医生。我头痛。痛得难以忍耐,难以形容。好吧,不要心急,我们来研究研究你的病情。我脱光上衣,任凭他们敲敲打打,听诊器冷森森怕人,蓦然贴在肉上,像冰刀戳了一下。照 X 光的时候,那样的设备,那样的姿势,都是躺在砧板上的鱼。后来,他们在我头上摸索,找出每一根血管,在每一根血管外面贴上一根电线,所有的电线通往一座机器。他们让我想,让我惊惶,让我愤怒;让机器在我的各种不同的情绪下画出连绵不断的乱纹。

好啦,你回去吧。

我的病怎么办?

你没有病。

没有病怎么会头痛?

完全是心理作用,你以为你有病。你希望你头痛。

你们这些庸医,你的鬼话!我要继续寻找,找最高明的医生,找最好的医院。因为,当初分别时,你再三叮咛:身体要保重!

终于,我找到一位脑科专家。他问:

"你是不是喜欢东想西想呢?"

他的语气那样随便,使我微感不快。我说:

"我思想的时候,是很严肃的。"

"当然!"他听出我的语气中带一点纠正,并未介意。"你想得太多,太严肃,头部的肌肉太紧张,于是头痛;你是头部的肌肉在痛,这是仪器检查不出来的。"

亲爱的大夫!你完全对了!我的高兴和感激,简直可以塞满他的诊所;如果我是个美女,一定跳起来吻他一下。我天天想你,朝朝暮暮思念你,这思念,附带产生了多少追悔、多少忧虑、多少恐惧、多少空虚,我才会头痛的啊!只有我的头部肌肉才知道我多么想你!只有这位脑科专家知道我多么想你!

告诉你,我始终不以为我们天各一方,重逢无期。我以为,我在这城里,你也在这城里,只是我们彼此不知,只是那蓦然回顾的机缘还没有来。车站上,戏院外,晴天假日的公园里,人潮涌出涌进,无尽亦无休,其中必有一个你。我总是喜欢选一个有利的位置,目不转睛地看,能看多远就看多远,能看多清楚就看多清楚。我恨不得把眼珠捏在手上向前伸出去。必有一天,我看见你在这里,与我咫尺。不止一次,我坐在那里,向一群陌路人注目,预支与你重逢的快乐,微微而笑。笑得好甜好甜,好久好久。忽然,一只无形的锥子穿透了我的脑,难以形容难以忍耐的头痛从此发生了。

想你想糊涂了。若不是脑科专家提醒,也许永远没有恍悟的一刻。此刻,我的头在痛,心里非常快乐,对于以前一次又一次鞠躬如也去受医生审判,自知非常不智。痛就由它去痛吧,让我向爱神缴税吧!让我们之间多一重关联吧,让我奉你的名受些折磨并在折磨中得些回甘吧!

告诉你,脑科专家给我的名贵药品全在马路旁的废物箱里。我为什么要吃那种东西?

再见!谁知道呢?我们也许永不相见。也许相见已老,只能在心底默唱。也许我们无人再愿意谈往事听旧歌,决心不使旧创流血。将来的事谁知道呢?我只知道此时,此时旧日的歌声永在我心里震动,除非心脏休止。我能听见我声音中的你,你声音中的我。它是自动地、不随意地响着,响得很洪亮。可惜我不能张口,张口便错。我只能保持内在的鼓噪、外表的沉静,秘密地享受兴奋激动。

我常想,我们记忆中的这些歌,当年原也十分流行,而今,茫茫人海中,仍然爱唱的人何止你我?我常常幻想某一个陌生人也是。对他微笑、亲切,弄得对方莫名其妙。在车站候车时,我常常哼几句歌,偷眼看别人的反应,如果旁人也能跟着哼一两句,这歌就不啻我跟他的同好证、金兰帖,彼此注定了非做朋友不可。

说也奇怪,我从来没有找到这样的人,好像世上只有你我两个知道这种绝响。想到这里,我觉得幸福极了,也痛苦极了,两者调成的鸡尾酒,滋味难以形容得很呢!

思念你,不能不思念那些歌,什么时候想起歌,自然也想起你。在这个多歌的城里,我写了很多首歌词,其中有几首正在大大流行,任何晚会任何歌厅里总有机会听见。有一天晚上,我穿过一条巷子,巷内家家都在收看电视,而电视正在播放我写的歌,我的歌由巷头响到巷尾,形成全巷家家户户的大合唱。他们哪里知道,这歌赶不上当年我们所唱过的那些歌,连一半也赶不上。他们哪里知道,我的歌是在想你的时候写的,是为你写的,应该由我唱给你听,而我不会唱,你也听不见。我在巷口站住,怅然若失,觉得这首歌真是可惜,他们不过是在糟蹋它罢了!

我的歌既已流行,将来也总会有余音留下。纵然我永无机会再见到你,我的歌也许有一天能飘到你的耳边。那时,这些歌已不知在多少人口中辗来转去,已无人知道这歌这底细,而你,聪明的你,多情的你,偶然听到,也许要发生特殊的感应吧!因为,这是那些热心饶舌的人在传诵我的遗言,遗言的内容乃是"我爱你"呀!

我还能再见到你?不能?为什么不能?也许能够,也许你已出发或我已出发在相会的途中。我们正愁时,月落而星沉;我们方睡去,风起而潮涌。愿再见,愿再见,愿再见,愿再见⋯⋯

当我这样默祷时,内心充满了恐惧,唯恐自己的愿望落空。这种恐惧,有时使我战栗。我感到赤身露体在冰天雪地中奔走,不知道目的何在,唯一的成就就是脚板留在雪上的血印。我冷,我怕,可是我得继续把血印印下去。我不想活下去,可是所有的河俱已冰封,没有一滴水可以将我淹死。生之艰难,死之艰难。分别的艰难,再会的艰难。我索索地抖了。

回忆是零下的气温中仅有的一点热,想想我们共同的过去,我觉得心仍跳动,此身未死。想必是上帝有意救我。我书桌上的闹钟忽然发生一种奇怪的毛病,它倒着走,在急促细碎的滴答声中,分针由9移向8,由8再向7。这种现象,本使我十分惊讶,可是,我不久就深深地爱上它,珍惜这种难得的反常。从此,我有了最好的安慰,把这只闹钟高高放起,望着它,听着它,在眩惑中,月东沉而日西升,枯骨再生红颜,丁令威解开行囊打消了离乡之行。车由终站退回起站,旅客沿途捡回自己的遗失。于是,我还是我,我们还是我们。那是何等的美妙啊!望着闹钟,我常常不知道一天已过去,不知道一天已开始。

看惯了倒退的分针,能够指出正确时间的表面反而看不顺眼,我已多年无手表,并且非常讨厌电台的报时。"现在的时间是四点正",谁也听得出,播音员的腔调充满了恶意。在回忆中随时可以见你,有回忆即已足够。不需要明天,不需要未来。未来是不确定的,未可知的。只有过去才完整,才舒适,才轻而易得。告诉你,我比以前胖得多!

我不喜欢钟表,我不喜欢路,愈宽愈平愈长愈直的路,人家愈赞美,我愈要咒诅。路千条万条,没有路能通到你的门前。路是一些射出去的箭。路只是便于分离,强迫我们愈离愈远。在迢迢长路的另一端,"明天"在窥伺,而"明天"最可怕。超级路面,刺目伤心,我不肯走,我不要把歪歪斜斜的血印印上去,不要去挨近"明天"的虎视。我渴望有一挺机枪,拦路驾好,对准路的另一端密集扫射,让平滑的路面上有长爪的抓痕,让跳弹从两旁的树上扫落萧萧的断叶,让那不可理喻的枪声惊鸟奔兽,引起四野的回声如雷。让"明天"不能走过来,让"明天"千弹穿体而死。

不要劝我,不要劝酒精中毒的人,往事是我的杯,日日泥醉。此心已横,将来不曾来,过去也不曾去。我能够再见你吗?我能,随时,只要暂闭上眼睛,缩地飞毡。地上的天国,永远的春天。一天已过去,一天又开始,不要干扰我,不要抢走婴儿口中的奶嘴。我说过,人最难心中宁静。真正的宁静中既没有日历,也没有报纸。只有你,只有我,而且并没有你的皱纹、我的白发。

(选自《情人眼》)

第二辑

变体选

兴　亡

农家附近,这里那里,到处可以看见家禽。鸡群四出探险,火鸡挂着绶带像仪队一般站在路边,鹅闭着眼睛卧在浅草里,卧成静物。

且说其中一只鸡,一只公鸡。

这一带人家都喜欢养鸡,邻居们见面,一定谈养鸡的经验。阴历年前,有人从台中带来一只芦花母鸡,送给我家,作为年礼。养鸡的人只忍下手杀别人送来的鸡。杀鸡的人刚刚磨快了切菜刀,那拴在厨房里的死囚忽然生了一个又大又亮的蛋,以致提着菜刀的手软下来。

这个蛋,暂时救了芦花鸡的性命,却断送了这一带二百多只鸡的性命,一种由台中带来的传染病蔓延扩大了,它强迫鸡的主人一律把心爱的家禽杀死或出售。这些小动物,有的被拔光了毛挂在屋檐下,不再成群结队从走廊上经过;有的用竹笼子盛着摆在菜场里,不能再到田畦间觅食。邻居见面的话题,养鸡的经验报告改成报告死亡损失的数字了。

尤其使人伤感的,是病鸡的种种神态。它们不愿意再吃什么,也不再躲避什么,死亡就要来到,世界上再没有其他可怕的东西了。主人的手伸过来,蜻蜓的尾巴扫过去,都不能使它兴奋。等到它觉得它的脖子太长,头部太重,两腿太细,不得不瘫在地上,那时,它的躯壳对它的生命就不再是一个舒适的居所了。这种死亡不会流泪,没有遗嘱,分外愁惨。主人必须在鸡儿们好像还健康的时候早早处理它们,以减少精神上的、物质上的损失。

当瘟疫袭来的时候,我家一只黄羽毛的母鸡正在照料它的十七个儿女。她亲切地呼唤小鸡,她的小孩们也亲切地答应着。阳光依然温暖,草地依然松软。可是,黄昏时分总有一两个小孩子倒在草地上伸腿,不能跟大家一同回来。她和她的孩子们,围在病童的周围,鼓励它,督促它,哀求它站起来,"站起来,再不听话,丢下你不管,看狼来了把你叼了去!"我想,她曾经这么说。咕,咕,咕,这时的叫声多沉重!而结果,每次都只好撇下病雏。母鸡虽有多方面的天赋,无奈缺少处理这一类问题的能力。她爱孩子们无微不至,但是不能阻止数目减少。

小鸡的数目减少到两只的时候,我们发现母鸡倒在走廊上不再发出咕咕的叫声。这回轮到小鸡站在路边督促她、哀求她,她都无法应允,只能替孩子们梳理羽毛。不久,两个小东西肚子饿了,自己在附近觅食,吃饱了,自己在附近游戏。它们利用走廊上的几只花盆练习跳高,鼓动翅膀,跳着,母鸡在相距不远的地方默默地望着。

到了下午,有一只小鸡睡在花盆底下,不能动弹,另一只站在花盆上,朝着倒在地上的同袍啼唤。它们的母亲忽然站起,用一个跛子的步伐走过来,翅膀一直跟地面磨擦,支持倾斜的身体。她躺在小鸡的旁边,啄它的羽毛。

在这场瘟疫里面,那只母鸡死了,躺在花盆下的小鸡也死了。站在花盆上面的那个小可怜,谁也不指望它能活。可是,它居然活过来,成了大劫之后仅存的生命。

这只小鸡,在家族和朋友全部死光之后,似乎受不住恐惧和寂寞,渴望能跟主人做伴。主人做饭,它跟进厨房;主人午睡,它跟进卧室,啾啾唧唧,不离开主人的裤脚。倘若把它赶出去,它就在走廊上,用它当初站在花盆上哀悼死者的声音,啼唤不休,使人对它发生异乎寻常的怜惜。我们把它捧在手里,把它放在书桌上,把它安置在饼干盒子里,以打断它那令人心碎的叫声。小孩子把碎米捧在手里,送到它的嘴边,以激起它的食欲。

后来,它稍稍长大,渐渐显露出了雄鸡的特征。它竟然趁主人上菜场时在后面追赶。它竟然在主人做针线时伏在脚旁,它竟然从鸟的天性中增添了类似狗的天性。看哪,由于羽毛生长的关系吧,它全身发痒呢。它闭上眼睛,扭弯颈项,努力去啄毛孔呢!看哪,它的小主人竟然用火柴棒替它搔抓呢。站起来,并不逃走,竟愉快地接受小主人的好心呢!

"这只鸡永远长不大了。"

"这只鸡,养到现在还像一只雏鸡。"邻人说。

经过一场残酷的瘟疫,所有蒙受损失的人都发誓永远不再养鸡。可是,一场倾盆大雨又把希望浇活了,他们相信疫症已被雨水洗去,他们要恢复到鸡棚里拾蛋的那份快乐。他们把各种颜色的小鸡从市场里搬到家中,养鸡的经验又挂在嘴边。走廊上又印着它们的脚印了,下午又常有主妇们唤鸡的声音了。这时,谁也不能再否认那只鸡业已长大,它亲眼看见一个社会的覆灭和另一个社会的开始。这已够使它成熟,它的行动活跃起来,仿佛是,这些同类使它记起,它也是一只鸡。

一天中午,这只雄鸡忽然发出长鸣。不再是啾啾唧唧的声音,是一种独立生存的口号,是一篇成年的宣言。听起来,声音里充满了生气、活力,跟他父亲的一代在完全幸福的日子里所发出的声音同样兴奋昂扬。我们都怀着惊喜的心情跑到户外看它,原来它有客人,一只少女型的母鸡正和它并肩散步。是这少女唤醒它的自觉、使它想起了责任和尊严吗?从此,它是一只真正的鸡,一只雄鸡。

看起来,那一声长鸣也是爱情的呐喊。根据已知的事实来推断,他将要拧死一条小虫放在她的面前;她将要为驱逐远来的流浪汉而战;他将带着她到处寻找适宜生蛋的地方,他特别重视她的"第一胎",那时,她伏着,他静静地站在旁边注目看她,等待完成。不久,这里那里,将恢复母鸡报喜的咯咯之声,将恢复雏鸡觅食的啾啾之声,一如瘟疫没有来的时候。

(选自《情人眼》)

洗 手

一觉醒来,发现两只手中的一只很脏,仿佛在梦中做了半夜的油漆匠。我反复看这只脏手,猜不出是什么缘故。我的手一向细致光润,看相的人都说属于稀有的一格。昨天晚上,上床之前,我在澡盆里还看见十个指头白里透红,一尘不染,怎么一夜会变成这个样子?事之无常真是太不可思议了!

连忙起床,跑进盥洗室,抓起肥皂,才想起今天停水。我只好用一只手取早餐,用干干净净的那一只。吃早餐的时候心不在焉,囫囵吞下,心里想的,眼睛看的,还是那只手上的污点。那是一小片一小片的油渍,颜色轻重不匀,最重的一片很像是一小片酱黄瓜。我连忙把餐桌上的酱黄瓜推得远远的,早餐的胃口因此完全失去了。

实在没有理由。昨晚上床时,床上的棉被是新的,被单是新换的,睡衣也刚刚洗过。而我的手在白瓷澡盆里浸泡之后晶莹无瑕。

我一向以有一双干干净净的手感到骄傲。当我是小学生时,每天早晨,全班同学坐在位子上,挺胸抬头,双手平伸,接受级任导师的清洁检查,我总是第一名。每逢星期一,全校同学在大操场里集合,所有的手像钢琴键一样排列着,听候检阅,校长在我面前放慢脚步,停下来欣赏,等校长走过,一位女老师把我的小手放在她的大手里,反复把玩。大操场上,手的排列一望无际,可是人们看见的只是一双手,因为它放光。

这种得天独厚的皮肤,不会在一夜之间变形,我所需要的,不过一些清水罢了!于是跳上计程车,催促"快开"。一路上,司机巧妙地超车,喇叭狂鸣,行人纷纷东斜西歪。赶到办公室,上班时间还没有到,工友坐在他的位子上打盹儿,我一阵风抢进厕所,把一只手放在水龙头下,用另一只手拧开龙头,听水声哗哗而下,沁心的清凉由指端直溯而上,通体舒泰无比。闭着眼睛享受了一番,再睁开眼看,我的老天!这只脏手已经全部乌黑,因为从水管里面倾泻而出的全是墨汁!

这时候,我第一个念头是侥幸没有把另一只手弄脏,再说,幸而没有谁在场看见。我急跑进马桶间,锁上门,反复细看,一只手已完全黑了,远远望去,就像戴上一只黑手套,可是,仔细观察,上面布满了纵横交叉的白线,那是因为较粗的几条手纹仍然保持本色。现在,连我自己也不能想象这只手有过当年的风光,它完全像是用墨拓在纸上的手模。

把这只手插在裤袋里,度过表面上正常而平静的一天。这只手暗中不断出汗,连裤袋都湿透了。可是汗水不能洗掉什么,我悄悄看了一眼,带汗的手背反而黑得发亮。

这一天,我的上司一定想过:这家伙怎么忽然变得没有礼貌。我总是用一只手去接他交下来的文件。

为什么现在不是冬天?冬天可以戴手套。

这一天,别人都用诧异的眼光看我,不过,我知道,这是由于自己心虚。

倒霉的人偏偏会遇上倒霉的事:下班后,挤上公共汽车,抓住吊环,也是用一只手。偏偏碰上一个喜欢急刹车的司机,他开车像用筛子,把我们筛成人豆儿。别人都用双手抓牢车厢里的横杆,我可不行。有一半以上的乘客动了好奇心,猜忖我裤袋里到底有什么秘密,我在他们没有猜出来之前连忙下车。

回到宿舍里,我什么也不能做,除了在这只脏手上涂满肥皂用自来水冲掉,再涂上,周而复始。这只手变得麻木,变得僵硬,终于火辣辣的疼痛。管它,我还是不断地往上面涂肥皂,并且干脆把它浸在浓浓的肥皂水里。我什么事都忘记了,听到荒凉的鸡啼,才想起忘了睡觉,也忘了吃晚饭。在鸡啼声中,我才想起,肥皂和清水的用处毕竟有限,而且太有限了!

经过一夜的刷洗,这只手像是剥了皮的兔子,可是这只兔子有一身乌肉。难道这只手的颜色就这样注定、无法更改了吗?难道我从此成为只有一只手的人?我究竟做错了什么,招来这无名的残废?我又是悲伤,又是愤怒,又是恐惧,斗室之内,张皇四顾,看看有什么力量能救我。

第二天,我把这只手交给一位名医,排了半天队伍才走到他面前。他拿棉花蘸了酒精拣最黑的地方擦了又擦,用放大镜看了又看,说:

"我建议你去找我的老师。"

第三天,我把这只手交给另一位医生。这位医生的年纪更大些,表情更严厉些。病人更多,我排队排得更久。他也用酒精在我手上擦了又擦,用放大镜看了又看,然后说:

"你必须去看我的老师。"

第四天,我坐在另一位医师的候诊室里。他的诊所特别大,特别冷,到达时,看不见任何候诊的人。我坐下,听见医生在诊察室中与病人隐约不清的对话。等那个病人出来,我就可以进去。本来准备排更长的队伍,储蓄了更多的精力与耐性,现在几乎笑出来。不久,病人出来了,是一个眉毛又长又白的老人家。他拄着拐杖,在护士的扶持下,一小步一小步慢慢走出去。我起身离座以为我可以进去,可是护士说:

"你等一等。"

她从门外搀进另一位老人家来。他的头发全秃了,胡子却像一束银丝,无风自飘。他进了诊察室,室内又开始有隐约不清的对话。直到护士扶着他出来,直到护士又告诉我"等一等",直到另一个老者从门外被搀进来。

"你等一等。"

我在冰冷的候诊室里等着,望着那些出出进进的病人,看那些人的眼皮像口袋一样挂着,看那些人手臂上由青筋和黑斑组成的现代画,看他们浑浊呆滞的眼球所呈现的奇异的色调。时间一分一分过去,在煎熬中忽而一阵想起、忽而一阵忘记自己的冷,冷得如赤身裸体,冷得涕泗横流。

直到我被允许进入诊察室,我才想起身上有一个部分滚热滚热,热得发烫,仿佛全身的热量都集中到裤袋里的这只手上。仿佛那裤袋就是一个火炉。在老医师面前,这只手散发着蒸气。

老医师比刚才出出进进的任何病人更老,他身上集中了暮年的一切特征。护士拿蘸了酒精的药棉擦我手上的黑处,并且调整好了放大镜的位置和距离,老医师约略看了一下,护士立即把我的手放下,把放大镜收回。

"这是一种病。"他说。

"皮肤病吗?"

"某一内脏器官有某种病。"

"可是我的手……"

"内脏器官正常以后,皮肤的颜色会恢复正常。"

我要求用药。他表示,现在的医学研究还没有弄清这到底是怎么一回事,像他这样有身份的医生,不能随便开处方。

"那怎么办?"我着急了。

他本来向护士示意诊治业已完毕,护士示意我可以走开,但是我的焦灼燃动了老医生的恻隐之心。他继续说:"像这种我们不能了解的病症,也常常在我们的不了解之中自然痊愈。"

这已经是对我最大的恩惠了,此外他不能再说一个字。我快快走出诊疗室,快快走过候诊室,快快走出大门,没看见再有病人走进。我是最后受诊的病人,尽管我最先来到。这更增加了快快。这是非常快快的一天。

于是,这只手只好黑,黑得很邪恶。每天看见别人比我多一只手,心里嫉妒得要死。嫉妒决非美德,但是,我相信纠正也应不难。有一天,一夜之间,我从梦中醒来,会忽然发现手上的黑色褪尽,还我应有的红润清白。只要那一天来到。

(选自《情人眼》)

那　树

那棵树立在那条路边上已经很久很久了。当那路还只是一条泥泞的小径时,它就立在那里;当路上驶过第一辆汽车之前,它就立在那里;当这一带只有稀稀落落几处老式平房时,它就立在那里。

那树有一点佝偻,露出老态,但是坚固稳定,树顶像刚炸开的焰火一样繁密。认识那棵树的人都说,有一年,台风连吹两天两夜,附近的树全被吹断,房屋也倒塌了不少,只有那棵树屹立不动,而且据说,连一片树叶都没有掉下来。这真令人难以置信,据说,当这一带还没有建造新公寓之前,陆上台风紧急警报声中,总有人到树干上漩涡形的洞里插一炷香呢。

那的确是一株坚固的大树,霉黑潮湿的皮层上,有隆起的筋和纵裂的纹,像生铁铸就的模样。几丈以外的泥土下,还看出有树根的伏脉。在夏天的太阳下挺着颈子急走的人,会像猎犬一样奔到树下,吸一口浓荫,仰脸看千掌千指托住阳光,看指缝间漏下来的碎朱。有时候,的确连树叶也完全静止。

于是鸟来了,鸟叫的时候,几丈外幼儿园里的孩子也在唱歌。

于是情侣止步,夜晚,树下有更黑的黑暗。

于是那树,那沉默的树,暗中伸展它的根,加大它所能荫庇的土地,一厘米一厘米地向外。

但是,这世界上还有别的东西,别的东西延伸得更快,柏油路一里一里铺过来,高压线一千码一千码架过来,公寓楼房一排一排挨过来。所有原来在地面上自然生长的东西都被铲除,被连根拔起。只有那树被一重又一重死鱼般的灰白色包围,连根须都被压路机碾进灰色之下,但树顶仍在雨后滴翠,有新的建筑物衬托,绿得更深沉。公共汽车在树旁插下站牌,让下车的人好在树下从容撑伞。入夜,毛毛细雨比猫步还轻,跌进树叶里汇成敲响路面的点点滴滴,泄漏了秘密,很湿,也很有诗意。那树被工头和工务局里的科员端详过计算过无数次,但他依然绿着。

计程车像饥蝗拥来。"为什么这儿有一棵树呢?"一个司机喃喃。"而且是这么老这么大的树。"乘客也喃喃。在车轮扬起的滚滚黄尘里,在一片焦躁恼怒的喇叭声里,那一片清阴不再有用处。公共汽车站搬了,搬进候车亭。水果摊搬了,搬到行人能悠闲地停住的地方。幼儿园也要搬,看何处能属于孩子。只有那树屹立不动,连一片叶也不落下。那一蓬蓬叶子照旧绿,绿得很有问题。

啊,啊,树是没有脚的。树是世袭的土著,是春泥的效死者。树离根,根离土,树即毁灭。它们的传统是引颈受戮,即使是神话作家也不曾说森林逃亡。连一片叶也不逃走,无论风力多大。任凭头上已飘过十万朵云,地上叠过二十万个脚印。任凭那在枝丫间跳远的鸟族已换了五十代子孙,任凭鸟的子孙已栖息每一座青山。当幼苗长出来,当上帝伸手施洗,上帝曾说:"你绿在这里,绿着生,绿着死,死复绿。"啊!所以那树,冒死掩覆已失去的土地,做徒劳无功的贡献,在星空下仰望上帝。

这天,一个喝醉了的驾驶者以六十英里的速度,对准树干撞去。于是人死。于是交通专家宣判那树要偿命。于是这一天来了,电锯从树的踝骨咬下去,嚼碎,撒了一圈白森森的骨粉,那树仅仅在倒地时呻吟了一声。这次屠杀安排在深夜进行,为了不影响马路上的交通。夜很静,像树的祖先时代,星临万户,天象庄严,可是树没有说什么,上帝也没有。一切预定,一切先有默契,不再多言。与树为邻的老太太偏说她听见老树叹息,一声又一声,像严重的哮喘病。伐树的工人什么也没听见,树缓缓倾斜时,他们只发现一件事:本来藏在叶底下的那盏路灯格外明亮,马路豁然开旷,像拓宽了几尺。

尸体的肢解和搬运连夜完成。早晨,行人只见地上有碎叶,叶上的每一平方厘米仍绿着。它果然绿着生、绿着死。缓缓的,路面染上旭辉;缓缓的,清道妇一路挥帚出现。她们戴着斗笠,包着手臂,是树的亲戚。扫到树根,她们围着年轮站定,看那一圈又一圈的风雨图,估计根有多大,能分裂成多少斤木柴。一个说,昨天早晨,她扫过这条街,树仍在,住在树干里的蚂蚁大搬家,由树根到马路对面,流成一条细细的黑河。她用作证的语气说,她从没见过那么多蚂蚁,那一定是一个蚂蚁国。她甚至说,有几个蚂蚁像苍蝇一般大。她一面说,一面用扫帚画出大移民的路线,汽车的轮胎几次将队伍切成数段,但秩序毫不紊乱。对着几个睁大眼睛了的同伴,她表现出乡村女子特有的丰富见闻。老树是通灵的,它预知被伐,将自己的灾祸先告诉体内的寄生虫。于是弱小而坚韧的民族,决定远征,一如当初它们远征而来。每一个黑斗士离巢后,先在树干上绕行一周,表示了依依不舍。这是那个乡下来的清道妇说的。这就是落幕了,它们来参加树的葬礼。

两星期后,根被挖走了,为了割下这颗生满虬须的大头颅,刽子手贴近它做了个陷阱,切断所有的动脉静脉。时间仍然是在夜间,这一夜无星无月,黑得像一块仙草冰。他们带利斧和美制的十字镐来,带工作灯来,人造的强光把举镐挥斧的影子投射在路面上,在公寓二楼的窗帘上,跳跃奔腾如巨无霸。汗水超过了预算数,有人怀疑已死未朽之木还能顽抗。在陷阱未填平之前,车辆改道,几个以违规为乐的摩托车骑士跌进去,抬进医院。不过这一切都过去了,现在,日月光华,周道如砥,已无人知道有过这么一棵树,更没人知道几千条断根压在一层石子一层沥青又一层柏油下闷死。

(选自《情人眼》)

四个国王的故事
——世上没有不穿衣服的国王

第一个国王

1.祝你生日快乐

王子年满十八岁的那天,收到国王赐下的生日礼物:一辆灵便的马车加上两匹俊美的小马。

王子非常喜欢这两匹骏驹,上前抚摸了,拥抱了,甚至亲吻了,然后问:"这两匹马叫什么名字?"

国王说:"它们一个叫天使,一个叫魔鬼。"

王子笑了,用天使和魔鬼驾车,多么有趣!他上了车。亲手扬起鞭子。

第二年,王子十九岁。他从郊外驾车回来,心中一动,想起一个问题。

"我的马,为什么一个叫天使,一个叫魔鬼?"

慈祥的国王柔声回答:"孩子,你将来要做国王,你需要天使为你服务,也需要魔鬼为你服务。"

一年又过去了,现在王子喜欢思索比较艰深的问题,有一天,他问他的父亲:"我既用魔鬼服务,又用天使服务,我自己是天使还是魔鬼?"

国王回答他:"你既不是天使,又不是魔鬼,你是神。"

王子大惑不解:"我怎么是神?"

国王的声音更慈祥更温柔了:"孩子,能说的我都说了,其余的,愿上天启示你!"

第一个故事的注解

我们常常听见有人非常气愤地说:"道德不能使你成功,道德不能使你胜利,上帝站在大奸大恶的人那一边。残酷打败慈善,最残酷又打败残酷。诡诈打败诚实,极诡诈又打败诡诈。"

不是的,不是这个样子。你看,这就是"偏激",历来偏激的人很难成功。成大功立大业的人,例如国王,他固然不能完全拘守道德,可是他也不能完全违反道德,彻底反道德纵能一时成功,最后仍要失败。

对一个国王来说,他需要的是"道德与不道德相互为用"。

有很多文章很多书籍分析伟人是怎样成功的。书中说,伟人必须大公大信大仁大勇。但是书中又说,伟人成功立业守成,使出了多少权术谋略机变。这种矛盾使人困惑。我想那些著作者再多写一句就统一了——伟人坐着天使与魔鬼并驾的马车。

古人说"忘战必亡",又说"好战必危",全看怎样做得恰好。道德问题也是一样,必须有道德,也必须敢于不考虑道德。"无德必亡,唯德必危。"

圣人法天——效法大自然,从人的角度看,大自然是道德的,也是不道德的。"雷霆与雨露,一样是天心。"这位诗人指出了二者的矛盾统一。讴歌自然的人只看到大自然的一面,例如美景良辰;推崇文明的人也只看到自然的另一面,例如水旱瘟疫。只有"圣人",他两面都看见了!都看见了!

盗有道,道亦有盗。成事者必有一德,也或有一恶。

或曰,像足球篮球这样激烈的比赛,从来没有一个球队,完全无人犯规,结果赢得冠军。此话当真?当真。果然？果然。那么告诉你,也从来没有一个球队,完全违反规则,结果也赢得了冠军。

第二个国王

2.好人不知亡国恨

从前有一位圣者率领门徒出国考察,来到某个地方,这地方本是一个国家的首都,可是这个国家早已灭亡了。

这位圣者是研究兴亡治乱的专家,他立即展开调查访问。他向一个年纪最大阅历最多的人请教:"贵国为什么会灭亡?"

老者摇头,叹息。

圣者在一旁温良恭俭让地等着。

弟子们在圣者背后肃立着。

良久,那老者说:"亡国的原因是:国君用人只肯任用道德君子。"

群弟子愕然。

圣者非礼勿言,非礼勿动,仍然"温良恭俭让"。

良久,那老者慢吞吞地说:"好人没办法对付坏人。"

第二个故事的注解

道德只宜律己,难以治人。道德的效果在感化,但是人的品流太复杂,每个人的动机太复杂,不感无化待如何?感而不化又待如何?

"风俗之厚薄,系乎一二人心之所向。"这句话很含混,倘若落实到"一家让,一国兴让",你我都可以大胆地说一声"未必"。

坏人要用坏招来对付(有时候)。以大坏对付小坏,以假坏对付真坏。所以朝中要有坏人。

而且坏人也能做好事,好人不能做坏事,所以坏人用处大(从国君的角度看)。

孔子栖栖惶惶,不论哪个国家都待不下去,是因为他自己是天使,他不能忍受与魔鬼并列。车子要两匹马才拉得动,坐车的人没法子只用一匹马。

孔子好像始终没有发现自己的弱点,荀子旁观者清,高声主张"敬小人"。他的意见是,对贤人,用尊敬的心情敬他,对小人,用畏惧的心情敬他;对贤人,用亲近的心情敬他,对小人,用疏远的心情敬他。他提出警告:"不敬小人,等于玩虎。"

一只麒麟对一群怒虎,请问后事如何?

第三个国王

3.搬石头砸脚记

某国王一向重视干部,爱惜人才。他对宰相说,历来政治干部都是拿着儒家的教材自修而成,闭门造车而出门合辙。现在我要更进一步,我要成立训练机构造就俊杰,培养忠贞。

训练班成立了,济济多士,国王每隔十天亲自前往训话,讲的是三皇五帝,四维八德。一年期满,学员结业,国王亲自颁发毕业证书,吩咐吏部安排工作。

国王还召见了以第一名成绩毕业的学员,此人现年二十五岁,面如冠玉,唇若丹朱,思虑单纯,心地善良。各科考卷他都考了满分,并且,他把国王的每一次训话都一字不漏记下来,口诵心惟,念兹在兹。国王一见之下龙心大悦,印象深刻。

大家称这个学员为状元。状元到了吏部,工作十分努力,但是不久也与上级因官吏考绩问题发生争执,他认为上级行事违反了国王的训示。国王说:"他在吏部人地不宜,调他到户部去吧。"

他在户部干了几年,年年因赋税公平问题面见户部尚书,引用国王在训练班讲过的话,坚持要改变现状,使尚书极感困扰。国王知道了,就把这个得意门生又调到工部。

他在工部干了几年,洞察利弊得失,一口气举发了六件工程舞弊案,三件工程设计错误案。工部尚书吓坏了,以为国王派人来找麻烦,连忙磕头辞职。国王慰留工部尚书,把状元调到兵部。

就这样,他六部的事都干过,他也四十多岁了,可以说一事无成。终于有一天,国王又召见了他。

国王还是爱惜他的,用家长的口吻开导他:"你的年纪也不小了,经过的历练也够多了,为什么依然处处与人格格不入呢?"

你猜状元怎么说?"陛下,我照着你的话在做啊,这一切都是你教给我的啊。"

你猜国王怎么样? 他板起脸孔,从此不理那个状元了。

状元非常苦闷,苦闷得非去算个命不可。他把心里的话都对算命先生说了,最后,他浩然长叹:

"我照着国王的话去做,可是我混不下去!"

算命先生沉默良久,终于告诉他:

"国王他老人家也不能照自己说的那些话去做啊!他如果照着自己的话去做,他老人家也混不下去啊!"

第三个故事的注解

既然"那些话"行不通,国王为什么还要讲?他是在说谎骗人吗?

有人认为"是",我有不同的意见。国王未必能居仁由义,但是他必须谈仁说义,这是受文化规范,看出文化有伟大的力量。

咱们的文化,给成功的人架了个框框,做成这个框框的材料就是道德。不管你手上多少血,或是你口袋里多少肮脏钱,最后得钻进这个框框,才成正果。

钻框框的人得先有个"入围"的资格,就是所谓"成功",要挣到这个资格却不能依赖道德。他在奋斗过程中"不拘一格",成功了再"入格"。甚至,入格后有了重大问题临时"出格",问题解决又回到格子里。唐太宗登基前发动"玄武门之变",杀死两个兄弟,是谓"出格",得位后创造"贞观之治",是谓"入格"。香港颇有人以走私贩毒起家,当然是"出格",但晚年富贵后捐巨款创办各种公益事业,则又安然"入格"了。

正因为有"入格"这一关,所以"出格"时只能立功不能立言。咱们中华文化也优容这些人,奖励他们"入格",只要"入格",以前的种种"出格"都予以隐讳或谅解,成功的人总希望自己有一篇像样的墓志铭,总希望子孙有个像样的祖先,所以甘愿"蝉蜕"。而且阴德果报之说也还能影响人心,尤其能影响老人。这是中华文化降伏强人的唯一法宝。

说起道德,有人认为道德是虎,可以替他先行开路,他跟在后面应该无往不利。事实正好相反,道德不能自己走路,得有"人"冲锋陷阵为它开拓空间。这个"人"并不是寻常人。因此,"侯之门仁义存",偷一条铁路的人跟偷一条面包的人毕竟有区别。

国王,各式各样的王,坐着天使和魔鬼并驾的车,跋涉长途,最后到达"成功"旅馆,进入"道德"套房,是一种理想的人生。当然,也有人活到九十岁到底不能"入格",古代有这样的皇帝,现在有这样的老板。

这样的人,我们只能说他不长进,没出息。

第四个国王

4.国王是人生的一个角度

天气很好,国王决定到花园里走走。

他一动身,嫔妃和侍卫成群跟在后面。

这是国王专用的花园,照例不许有闲杂人等在内,可是国王看见前面拦路跪着一个人,他似乎跪在那里很久了,侍卫装作没看见他。

国王问左右:"那个人跪在那里干什么?"

侍卫这才大声吆喝:"万岁爷问话啦,还不上前回奏?"

那人的跪姿本来就匍匐在地,听到命令,就势用两掌两膝爬了过来,连连叩头。

"小人受人陷害,求万岁爷救命。"

"你是干什么的?"国王问。

"二十年来,小人一直给万岁爷赶车。"

"你抬起头来。——咦?我从没见过你?"

侍卫听到这句话,故意露出凶恶的面目,喝一声:

"你还不快滚?"

那人慌忙起身离开,国王注视那人的背影,若有所思。他命令:"回来!"

国王对左右说:"他的确是我的车夫,我看到他的背才想起来。"

第四个故事的注解

国王的车夫究竟有什么冤屈,我们并不关心,我们要谈的是他的背,国王只认得他的背。

古时马车御者在前,乘者在后,乘者抬眼只见御者的背。乘者即是国王,御者根本不可能回头看车内,这时,他的背远比他的脸重要,在我们想象中,他一定非常注意衣服后领和头发的整洁,裤子也不会褪色,至于他是否每天三次刷牙,倒不重要。

清朝的官服以顶戴和马蹄袖为特色,这服饰设计的匠心所在,是使居高临下的皇帝看跪伏在地的臣子活像一匹牲口——只差一条尾巴。不需要尾巴,皇帝哪里有机会从背后看他们?

你见过刚刚铸成的铜像没有? 这时铜像放置在平地上,头部特别大,孔子或拿破仑都像个傻瓜。铜像根本不是放在地面上由我们"平视"的,是放在高高的基座上供人瞻仰的,那时,由于视线角度的关系,铜像的头部将依比例缩小,所以头部不能依人体的正常比例塑制,必须放大以补足人们视觉上的误差。至于你"平视"时有什么感觉,那就顾不得了。

团体操,团体舞蹈,乐队的"插花演奏",都要从高处俯瞰才好看,队形设计画面组合只注意俯瞰的效果,因为评审委员坐在高台上。较为低矮的席位上有千千观众,他们还是买票进场的哩,可是无法迁就他们。

现在可以谈谈国王用人,国王必须用有才干的人,但是世界上没有完人,"勇者必狠,智者必诈,谋者必忍"。国王只能看见勇者的勇,看不见勇者的狠。智者只让国王看见他的智,不让国王看见他的诈。

谁能看见他的狠、他的诈、他的忍呢?那自然是他的同事,尤其是利害冲突的同事。还有他的朋友,尤其是失去利用价值的朋友。还有,就是老百姓,尤其是无告的百姓。

国王知道不知道他们的狠、忍、诈呢?你说,高台上的评审委员知道不知道地面上的观众看见什么样的队形?雕塑家知道不知道地面上的铜像有个什么样的脑袋?

国王当然知道,除非他是低能弱智的昏君,我们能看到的他都能料到。但是,他也知道那个著名的故事,为了消灭鼠患而养猫,猫吃掉老鼠也吃掉小鸡,就把那小鸡牺牲了吧,就算是对猫的奖励和犒赏吧!

(选自《黑暗圣经》)

谁想念谁

笔,究竟是想念墨,还是想念纸呢?

船,究竟是想念海,还是想念港呢?

水,究竟是想念云,还是想念海呢?

火,究竟是想念种子,还是想念灰烬呢?

黄金,究竟想念矿,还是想念熔炉呢?

花朵,究竟想念蕾,还是想念果实呢?

圣人说,笔想念纸,纸是它的领地,它要在上面建造楼阁。船想念海,海是它的战场,它要在里面乘风破浪。水想念云,云是它的翅膀,使它化为甘霖普降。黄金想念熔炉,它急欲打造成器……

花当然想念果实,到果实才功德圆满,不负这一番栉风沐雨。

这都是圣人在说,不是笔、船、水、火自己说,黄金、花朵一句话也没说。圣人是否真能了解黄金和花朵呢?也许真有想念蓓蕾的花,有想念矿石的黄金,可是有谁了解它们?

(选自《千手捕蝶》)

最高之处

大师挟着琴往山上走,众弟子尾随,沿着山径迤逦展开。有几个弟子坐在山麓上议论老师究竟要做什么,他们说,进山出山只有这一条路,最聪明的办法是坐在这里等他回来。

老师登上一座山头,再登上一座更高的山头,每一座山头都有几个弟子留下,有人觉得体力不能支持,有人对孤高的处境感到恐惧。最后,老师转身四顾,只剩下他独自一人。

他对四面若有若无的世界看了一眼,盘腿坐下,古琴横放在膝上,调了弦。片刻间,伟大的乐章在心中形成,紧接着,在指下弦上流露出来。山风浩浩,乐声刚刚离弦还没有进入耳朵,在半路就被山风包裹、飞快地运走,向着万有抖出去,山上的人谁也没听见,他自己也听不见。那是一次无声的演奏。

可是风听见了,流泉听见了,岩石的每一个微粒、星的每一条光芒、云层的每一个水珠都听见了。还有森林的每一条纹理、野蚕的每一根丝、山禽的每一根声带都保存了天籁,将来的音乐家再从大自然无尽的蕴藏里支领使用。

据说,没有人看见大师下山。

(选自《千手捕蝶》)

几尺纸

纸可以包火,用坚硬的纸,包星星之火,例如,包住一支烛光。

这个信条一代一代传下来,即使是大火,只要有更大的纸张,仍然可以四面包抄,在想象中,那是一番兴奋炽烈的光景。以致,一代一代有人去做,抱着孩子过年的心情。

我在卧房里点一支烛,展开一张纸。纸张燃烧,我再用一张更大的纸。我有很多很多纸,一张比一张大,也一张比一张烧得旺,等所有的纸用完了,火舌开始吞噬房子。等到整个房子烧完,我就没有什么材料可用了,包住这熊熊大火的,只有天和地。灰烬飞扬中,我思量毛病出在哪里,错就错在我的准备不够,只要我的纸再多几张,再大几尺,何致功亏一篑?

终我余生,我只思念几尺纸,可惜我短缺那几尺纸。

(选自《千手捕蝶》)

水做的男人

他说,我本沙漠一滴水,蒸发转世。人人管他叫水做的男人。

那么他是个美男子,美男的定义是:使女子流泪的男人。凡是认识他的,都说他是用女人的眼泪做成。他现在还年轻,身旁的女子也年轻,只为他心跳、喧哗或者嫉妒,或者大笑,偶尔忧伤,还没人哭泣。

男子和女子们一同打网球,扭伤了什么地方,女子把他围在中心,看医生为他推拿。医生一面讲述医道,指着一处穴位说,如果在这里下针用灸,病痛立刻可以消失。女孩们兴奋了,催促医生赶快施行。

没人知道那是他的本命穴。艾炷烧完,男子知道自己寿尽,慌忙抓住手边一只碗,说出遗言。转眼之间他化成了半碗清水。

女孩大声尖叫,慌做一团。有个女孩很沉静,慨然担任遗嘱的执行人,那就是捧着碗,坐上飞机,回到沙漠,让酷热的太阳把碗中的清水蒸发干净。

在飞机上,女孩望着碗里的"圣水"遐想:如果他活着,如果他坐在身旁,如果这是蜜月旅行……她忽然从水中看见他的面容,笑着,皱着眉,夸张地忍着灸火的烧烤,一副调皮可爱的样子,不禁潸然泪下,泪珠滴在碗里,轻轻激起涟漪,紧接着水全干了。

她心念一动,决定原机飞回。沙漠不必去了,那男子已经复活。

(选自《千手捕蝶》)

胜利的代价

这是冬天。侯镇有一个布贩,骑着小毛驴到城里去办年货,半夜,独自一瘸一瘸走回来,脸色苍白,失魂落魄。布贩说,他从城里回来的时候,仗着月色皎洁,贪赶路程,半夜经过侯家墓园,听见鬼哭。他吓了一跳,从驴背上跌下来,小毛驴丢下他不管,一溜烟先跑了。他跌痛了腿,战战兢兢走完最后一段路程,差一点吓死。第二天人们纷纷议论这件事,有人说:世界上哪有鬼,卖布的八成是听到夜猫子的叫声。

这些话传进侯家的大门,把那些少爷、孙少爷们气得两眼圆睁。他们跑去把布贩打了一顿,要他承认是在过一片没人祭扫的乱葬岗跌下驴背的,那儿有裂开的土,露出东倒西歪的棺材板儿,夜猫子找一个缝隙钻去,敲死人的骨头。布商当场叩头认错,然后逢人便说:他赶夜路认错了地方。

侯老爷的反应不同,他听说墓园出现了夜猫子,一句话也不说,拉长了脸抽烟,想自己做过什么缺德的事情没有?想侯家的子弟有没有不成材的败类?一百多年以前侯家发达起来,开始用心经营这一片墓地,做他们大家族神圣的归宿。墓地四周用花砖砌成方方正正的围墙,墙里面种满了终年常绿的松柏,就像是一群武士,披着盔甲,持着长矛,排成严密的方阵。麻雀、乌鸦,从来不在这里做窝;樵夫、牧童,望见墓园围墙就往后退。侯老爷万万没想到,墓园里有一天会出现夜猫子。就算是谣言吧!他也从来没想到这种谣言有天会加在侯家的头上。

侯老爷的经历多,世故深,他知道墓园里是万万不能有夜猫子的。当年侯家还没有发达的时候,这儿姓冯的是名门望族,冯家的墓园又大又漂亮。可是有一年大年夜,冯家正在兴高采烈吃年夜饭的时候,夜猫子在他们的墓园里叫起来,从那以后,冯家一落千丈,子孙流落四方,冯家的墓园现在变成一片乱葬岗子,不但没有一棵树,连一座完整的坟墓也没有。

谣言当然不值得重视,但是这件事情关系太大,必须调查明白,如果,万一,也好在过年以前有个处置。他决定自己去看个究竟。不能让家丁去,当年冯家就误在家丁手上,家丁在过年的时候贪玩贪赌,编谎话骗了他们的主人。也不能让儿子侄子去,他们的性情有一点浮躁,不够稳重缜密。他吩咐套车,决定亲自出马。

现在是冬天,西北风冷得刮骨,幸而侯家有一辆暖车,用厚棉被围着车厢,里面放着火盆。车子半夜出发,在墓园一里路外的地方停下。侯老爷坐在车里面凝神静听,听寒风卷起地面的枯草,听墓园的松枝在风中相摩擦,听驾车的马咻咻喘气,听火盆的木炭裂开,听自己的心跳。在悠悠天地之间,他觉得像一叶孤舟在惊涛骇浪中颠簸漂荡。

在孤独和恐惧中他充满了忧愁。现在是侯家吉凶祸福的紧要关头,百年的历史、三代的基业全堆在他的肩上。不过值得安慰的是姓侯的没有做过伤天害理的事情,今年清明他来扫墓,在墓园里转了一个大圈子,看见每一棵树上都是青枝绿叶生机焕发,足见地气饱满,风水还在当令。如果夜猫子敢到这样的地方来胡闹,未免太叫人难以相信了。

想到这里,心情宽松下来,就着木炭火盆点着一根香烟,心里想着夜猫子这种鸟实在讨厌,到处替人惹祸招灾,为什么到现在还不绝种?它们如果真能知道吉凶祸福,应该明白自己会有大祸临头。夜猫子啊!夜猫子。侯家可不比冯家,侯家不好惹的呀!

他忽然打了一个寒颤。外面有声音,一种异乎寻常的声音。

那种声音非常的悲惨,就好像地狱底层冤魂的嚎叫,但是同时又好像极为得意的小人,在某种卑鄙的计谋实现以后,充满恶意和快意的冷笑。

那声音非常的尖锐,好像能够刺破任何坚固的防御,能够钻进人的血管和神经。侯老爷丢掉香烟,伸手掀开棉布门帘,挺身走出车外,暗淡的天光之下,马正在颤抖。他好像赤身掉进海里,浑身冰冷麻痹。但是他昂然站定,望着墓园,那一座阴森森的黑松林像一座极大的坟墓。他睁大了眼睛望墓园,觉得那座大坟墓里面也有眼睛炯炯望着他。

这回他知道要发生什么事了。

一声惨厉的长嚎顺着松树尖顶朝天而上,好像一只又一只高速转动的螺旋,钻天入地,留下寒冷坚硬的原野所发生的共鸣。两匹马中的一匹好像在战场上遇见伏兵一样,两耳直竖,鬣毛张开,仰起脖子,哗啦啦地长啸,努力抵抗这原始性的恐怖……

风寒加上惊吓,回家以后,侯老爷一连发了几天的高烧,说了几夜的梦话。这几天大雪封门,更增加了侯家的烦闷。看起来侯老爷的病似乎沉重,但是这一天忽然睁开眼睛,声音虽然微弱,但两眼依然有他的神采。

他问今天初几了?

他的十个儿子,九个侄子,十二个成年的孙子在床前,大家抢着回答:今天二十九。

那么明天是除夕了?

是的,后天就要过年了。

他在床上挣扎,要家人扶他起来,从床头拿着手杖,拨开拦阻他的人。他问:

有现成的香烛供品吗?

回答是有!

来,跟我走!

一群家丁搀着他上车下车,走进祠堂。他带领子侄们对祖先牌位焚香磕头,喃喃祝告,又要家人扶着他站好,严厉地吩咐子弟们,今天夜里无论如何要去打死那些邪鸟。要不要带家丁去?不要。能不能等雪停了再去?不能。这是侯家的兴亡大事,只有侯家的子弟能站在侯家祖宗的坟顶上放枪,让祖先的坟前染血。为了使侯家的祖先在地下瞑目,为了使后代子孙不致流离失所,你们一定不能让墓园里的夜猫子活到大年夜——如果你们还配做侯家的子孙。

侯老爷一面说,一面发抖流泪,可是他的两眼仍然炯炯有神,他还有力气跺脚。

当他说到最激动的地方,子弟们一起跪下谢罪,发誓照他的话去做,求他赶快回家休息。

侯老爷重新回到床上的时候,用尽力气说了一句:

"你们快去,不要管我!"说完就晕过去了。

侯家的子弟个个不含糊,他们分头散开再聚在一起的时候,个个穿好冬天的猎装,由头到脚全是上等保暖的皮货,九个指头藏在毛茸茸的手套里,只露出右手的食指准备扣扳机。夜猫子在白天是瞎子,看不清周围环境的变化。他们一个个溜进墓园,小心不发出任何声音,除了皮靴踩在雪地上细碎的响声之外,就只有他自己的呼吸。

这些子弟兵的位置事先经过详细的研究,他们的枪能够瞄准任何一棵树,他们靠近树干或石碑,站定位置以后再也不动,成了那树干或石碑的一部分。西北风穿透他们的猎装,刮他们的骨头,他们也咬牙忍住。

时间一分一秒地过去,夜越深,寒气越重,射手们把露在外面的食指含在嘴里不让它冻僵。他们等待夜猫子出现,夜猫子在留心观察四周的环境。寒冷像刀刃一样越磨越锋利了,他们实在忍不住了,他们知道夜猫子也忍不住了,就鼓励自己的热血再支持下去,跟残酷的大自然竞赛。

又过了好久好久,终于一棵松树发出沙沙的响声,它带来了一阵空前的紧张,可是又平静下来。平静的时间很短暂,大概树上的那个家伙认为到了自己可以肆无忌惮的时候,就从枝桠间伸出头来得意地狂笑,那种难以形容的声音可以使十里以外的人毛骨悚然。那地方正是火网的中心,十几支枪一起喷出火来,射击的位置、角度是那么适当,每个人都觉得自己打中了目标,可是他们并不停手,继续朝刚才发声的地方轰击,把这一夜所受的辛苦都从枪管里发泄出来。

枪声停止,他们开始说话,可是谁也听不见对方的声音,因为他们的耳朵暂时被枪声震聋了。点亮马灯,看见满地的硝烟笼罩着片片残枝碎叶。他们从一摊暗红色的血渍中提起一只羽毛零落的鸟尸,高举马灯,看了又看,大家点头:"这就是了!"

第二天早晨,这件事传遍了侯镇,大家都说侯家可以舒舒服服过年了。其实世界上的事情总有缺憾,侯家的男儿没有参加新年的一切活动,都躺在床上疗养自己冻伤的部分,有的冻伤了脚,有的冻伤了脸,最不堪收拾的是每个人右手的食指开始溃烂,以致必须到医院里动手术锯掉。我小时候看见过这些缺一个手指头的人,不必经过任何介绍,别人自然会知道他姓侯。

(选自《情人眼》)

种　子

她来检查不孕症,在病房里躺了七天。每天她问:"我还有希望吗?"每天医生一笑:"别太心急,我们现在还不知道。"每天护士很严肃地回答:"当然有希望,如果上帝给你一个儿子,你就会生一个儿子。"

一个算命的看过她的生辰八字,说,这人命中有五个儿子。其实这人今年四十四岁了,连一个女儿还没有。再去算一次命吧,那个算命的测算婚姻子女特别灵验,远近知名。他肯定地说:"一定有五个儿子。"无论去问多少遍,答案一成不变,而且语气一次比一次坚定。最近算命成了每月一次的事,当未孕的生理现象出现以后,邻居说,这位太太的神经有些失常了。

尽管眼波失去清澈,嘴角也开始被地心引力拉弯,望上去依然是个很美丽的中年妇人。二十多年前,她当然更美丽,那时中国也非常美丽,中国正在对日抗战。中国是非常非常的大。这一代年轻人虽然也这么说,可是并不十分清楚中国究竟大到什么程度。没有参加抗战期间的大迁徙,没有一步一步去丈量祖国的山河,没有一万九千里路上洒汗洒泪,你永不知道"大"字是什么意义。而那躺在病房里盼望做母亲的人知道,深深知道。她,还有她的同伴们。上午,博物老师还在讲风媒花,还在说:"风把一种带翅的种子送往远方,在新土生根长叶,生出下一代来,下一代再乘风而去。"下午,大家就背起沉重的背包,由地图上的一个黑点爬上另一个黑点,沿一条弯弯曲曲的窄绿,在蜈蚣形的百足之间迷失。

现在,一同住院的病友不会去想象那艰苦的跋涉,那个盼望生殖的妇人躺在洁白柔软的病床上,整天不移动一尺。今天,她忽然寒热颤抖,感觉骨盆碎裂,两股折断。大迁徙时代遗留的噩梦重现了!炼狱,你的名字是道途!颠沛困顿疲惫欲死的经验不堪重温。她转身,由颊到腿紧紧贴住床面的弹簧,用力咬枕角,一如当年在路旁的田里仆倒,几分钟后,咬牙爬起再走。

一个女孩子,怎么能走这样远的路呢?她走了这么远的路之后,将来怎能再生育呢?

大夫,大夫,我还有希望吗?

别心急,我们现在还不知道。

护士小姐你不要瞒我……

如果上帝给你一个儿子,你就会生一个儿子……

五个儿子,我会有五个儿子。

可是,一个女孩子怎么能走这样远的路呢?她将来怎能再生育呢?

她继续发着寒热,担心骨盆已碎。

如果上帝给你一个儿子……

上帝一直是亏待我的。上帝,我们向前走一尺,你那路又延长一丈。上帝,你造出那么多山,每一座山都崎岖。上帝,你使夏午的太阳烧人,而四十里内没有一棵树。上帝,上帝,你使我的脚掌起泡,使许多小泡串成盖满脚底的大泡,我们用荆棘戳破,挤出脓血,咬紧牙再穿上草鞋。上帝上帝,我们再上路时,简直是赤足踏在刀刃上。你制造倾盆大雨,使我有河无桥,有肺炎而无盘尼西林。你制造高原黄尘,使我们伸手不见五指,使汽车在中午开灯慢驶,使人耳聋,发根生草。上帝,上帝,你给我无知无畏的青春,忧患空虚的中年。……

女孩子走了这么多的路,怎能再生育呢?……这是迷信,命中注定有五个孩子……也是迷信。迷信,迷信,到底哪一个可信？风送的种子带翅，无翅不能飞的种子却滚动，滚动，没有休止符。床单是如此白，不染一尘，没有细菌。已经没有一种风能将丰腴安适的中年吹高送远，它已沉落，陷入一种叫做生活的池沼，如同婴儿陷入褪褓。回顾山山水水，跋涉太久太多，当她尚在褪褓中时，如果她的父母预知后来发生的一切，会把这个女婴溺死。

一个孩子，一个孩子，我需要一个孩子。风送我来这一片新土，我应该还给风带翅的种子。只要有一个孩子，我一切不后悔。哦，上帝，我是为了保持自身纯洁才走那么多路，你知道那男司机怎样挑逗我，他希望我白天在他的座上夜晚在他的床上。他对我说你熬不下去，你受不了，走不完的路还很长很长。他开动马达，一路上随手捡拾踝骨肿痛的女生，一路上也随手抛弃。你终于要妥协，终于会投降，投向手握方向盘的男人。我没有，我没有。我咬紧牙走完该走的迢迢长途。上帝，上帝，你不可因此处罚我。我要孩子，孩子，孩子。孩子已在命中注定。大夫，你看我有希望吗？

（选自《情人眼》）

失楼台

小时候,我最喜欢的地方是外婆家。那儿有最大的院子,最大的自由,最少的干涉。偌大几进院子只有两个主人:外祖母太老,舅舅还年轻,都不愿管束我们。我和附近邻家的孩子们成为这座古老房舍里的小野人。一看到平面上高耸的影像,就想起外祖母家,想起外祖父的祖父在后院天井中间建造的堡楼,黑色的砖,青色的石板,一层一层堆起来,高出一切屋脊,露出四面锯齿形的避弹墙,像戴了皇冠一般高贵。四面房屋绕着它,它也昼夜看顾着它们。

傍晚,金黄色的夕阳照着楼头,使它变得安详、和善,远远看去,好像是伸出头来朝着墙外微笑。夜晚繁星满天,站在楼下抬头向上看它,又觉得它威武坚强,艰难地支撑着别人不能分担的重量。这种景象,常常使我的外祖母有一种感觉,认为外祖父并没有死去,仍然和她同在。

是外祖父的祖父,填平了这块地方,亲手建造他的家园。他先在中间造好一座高楼,买下自卫枪支,然后才建造周围的房屋。所有的小偷、强盗、土匪,都从这座高耸的建筑物得到警告,使他们在外边经过的时候,脚步加快,不敢停留。由外祖父的祖父开始,一代一代的家长夜间都宿在楼上,监视每一个出入口。

轮到外祖父当家的时候,土匪攻进这个镇,包围了外祖父家,要他投降。他把全家人迁到楼上,带领看家护院的枪手站在楼顶,支撑了四天四夜。土匪的快枪打得堡楼的上半部尽是密密麻麻的弹痕,但是没有一个土匪能走进院子。

舅舅就是在那次枪声中出生的。枪战的最后一夜,洪亮的男婴的啼声,由楼下传到楼上,由楼内传到楼外,外祖父和墙外的土匪都听到这个生命的呐喊。据说,土匪的头目告诉他的手下说:"这家人家添了一个壮丁,他有后了。我们已经抢到不少的金银财宝,何必再和这家结下子孙的仇恨呢?"土匪开始撤退,舅舅也停止哭泣。

等到我以外甥的身份走进这个没落的家庭,外祖父已去世,家丁已失散,楼上的弹痕已模糊不清,而且天下太平,从前的土匪,已经成了地方上维持治安的自卫队。这座楼唯一的用处,是养了满楼的鸽子。自从生下舅舅以后,二十几年来外祖母没再到楼上去过,让那些鸽子在楼上生蛋、孵化,自然繁殖。楼顶不见人影,垛口上经常堆满了这种灰色的鸟,在金黄色的夕阳照射之下,闪闪发光,好像是皇冠上镶满了宝石。

外祖母经常在楼下抚摸黑色的墙砖,担忧这座古老的建筑还能支持多久。砖已风化,砖与砖之间的缝隙处石灰多半裂开,楼上的梁木被虫蛀坏,夜间隐隐有像是破裂又像摩擦的咀嚼之声。很多人劝我外祖母把这座楼拆掉,以免有一天忽然倒下来,压伤了人。外祖母摇摇头。她舍不得拆,也付不出工钱。每天傍晚,一天的家事忙完了,她搬一把椅子,对着楼抽她的水烟袋。水烟呼噜呼噜地响,楼顶鸽子也咕噜咕噜地叫,好像她老人家跟这座高楼在亲密地交谈,日子就这样一天天地过去。

喜欢这座高楼的,除了成群的鹁鸽,就是我们这些成群的孩子。我们围着它捉迷藏,在它的阴影里玩弹珠。情绪高涨的时候掏出从学校里带回来的粉笔在上面大书"打倒日本帝国主义"。如果有了冒险的欲望,我们就故意忘记外祖母的警告,爬上楼去,践踏那吱吱作响的楼梯,拨开一层一层的蜘蛛网,去碰自己的运气,说不定可以摸到几个鹁鸪蛋,或者捡到几个空弹壳。我在楼上捡到过铜板、钮扣、烟嘴、钥匙、手枪的子弹夹,和邻家守望相助联络用的号角——吹起来还呜呜地响。整座大楼,好像是一个既神秘、又丰富的玩具箱。

它给我们最大的快乐是满足我们破坏的欲望。那黑色的砖块,看起来就像铜铁,但是只要用一根木棒或者一小节竹竿一端抵住砖墙,一端夹在两只手掌中间旋转,木棒就钻进砖里,有黑色的粉末落下。轻轻地把木棒抽出来,砖上留下浑圆的洞,漂亮、自然,就像原来就生长在上面。我们发现用这样简单的方法可以刺穿看上去如此坚硬无比的外表,实在快乐极了。在我们的身高所能达到的一段墙壁上,布满了这种奇特的孔穴,看上去比上面的枪眼弹痕还要惹人注意。

有一天,里长来了,他指着我们在砖上造的蜂窝,对外祖母说:"你看,这座楼确实到了它的大限,随时可以倒塌。说不定今天夜里就有地震,它不论往哪边倒都会砸坏你们的房子,如果倒在你们的睡房上,说不定还会伤人。你为什么还不把它拆掉呢?"

外祖母抽着她的水烟袋,没有说话。

这时候,天空响起一阵呼噜呼噜的声音,把水烟袋的声音吞没,把鸽子的叫声压倒。里长往天上看,我也往天上看,我们都没有看见什么。只有外祖母不看天,看她的楼。

里长又说:

"这座楼很高,连一里外都看得见。要是有一天,日本兵真的打过来了,他老远先看见你家的楼,他一定要开炮往你家打。他怎么会知道楼上没有中央军或游击队呢?到那时候,你的楼保不住,连邻居也都要遭殃。早一点拆掉,对别人对自己都有好处。"

外祖母的嘴唇动了一动,我猜她也许想说她没有钱吧。拆掉这么高的一座楼要花不少的工钱。可是,她什么也没有说。

呼噜呼噜的声音消失了,不久又从天上压下来,坠落非常之快。一架日本侦察机忽然到了楼顶上,那刺耳的声音,好像是对准我们的天井直轰。满楼的鸽子惊起四散,就好像整座楼已经炸开。老黄狗不知道发生了什么事,围着楼汪汪狂吠。外祖母把平时不离手的水烟袋丢在地上,把我搂在怀里⋯⋯

里长的脸比纸还白,他的语气里充满了警告:"好危险呀!要是这架飞机丢个炸弹下来,一定瞄准你这座楼。你的家里我以后再也不敢来了。"

这天晚上,舅舅用很低的声音和外祖母说话。我梦中听来,也是一片咕噜。

外祖母吞吐她的水烟,楼上的鸽子也用力抽送它们的深呼吸,那些声音好像都参加计议。

一连几夜,我耳边总是这样响着。

"不行!"偶然,我听清楚了两个字。

我在咕噜咕噜声中睡去,又在咕噜咕噜声中醒来。难道外祖母还抽她的水烟袋?睁开眼睛看,没有。天已经亮了,一大群鸽子在院子里叫个不停。

唉呀!我看到一个永远难忘的景象,即使我归于土、化成灰,你们也一定可以提炼出来我有这样一部分记忆。云层下面已经没有那巍峨的高楼,楼变成了院子里的一堆碎砖,几百只鹁鸽站在砖块堆成的小丘上咕咕地叫,看见人走近也不躲避。昨晚没有地震,没有风雨,但是这座高楼塌了。不!它是在夜深人静的时候悄悄地蹲下来,坐在地上,半坐半卧,得到彻底的休息。它既没有打碎屋顶上的一片瓦,甚至没有弄脏院子。它只是非常果断而又自爱地改变了自己的姿势,不妨碍任何人。

外祖母在这座大楼的遗骸前面点起一炷香,喃喃地祷告。然后,她对舅舅说:

"我想过了,你年轻,我不留下你牢守家园。男儿志在四方,你既然要到大后方去,也好!"

原来一连几夜,舅舅跟她商量的,就是这件事。

舅舅听了,马上给外祖母磕了一个头。

外祖母任他跪在地上,她居高临下,把责任和教训倾在他身上:

"你记住,在外边处处要争气,有一天你要回来,在这地方重新盖一座楼……"

"你记住,这地上的砖头我不清除,我要把它们留在这里,等你回来……"

舅舅走得很秘密,他就像平时在街上闲逛一样,摇摇摆摆地离开了家。外祖母倚着门框,目送他远去,表面上就像饭后到门口消化胃里的鱼肉一样。但是,等舅舅在转角的地方消失以后,她老人家回到屋子里哭了一天,连一杯水也没有喝。她哭我也陪着她哭,而且,在我幼小的心灵中,清楚地感觉到,远在征途的舅舅一定也在哭。我们哭着,院子里的鹁鸽也发出哭声。

以后,我没有舅舅的消息,外祖母也没有我的消息,我们像蛋糕一样被切开了。但是我们不是蛋糕,我们有意志。我们相信抗战会胜利,就像相信太阳会从地平线上升起来。从那时起,我爱平面上高高拔起的意象,爱登楼远望,看长长的地平线,想自己的楼阁。

(选自《碎琉璃》)

红头绳儿

一切要从那口古钟说起。

钟是大庙的镇庙之宝,锈得黑里透红,缠着盘旋转折的纹路,经常发出苍然悠远的声音,穿过庙外的千株槐,拂着林外的万亩麦,熏陶赤足露背的农夫,劝他们成为香客。

钟声何时响,大殿神像的眼睛何时会亮起来,炯炯地射出去;钟声响到哪里,光就射到哪里,使鬼魅隐形,精灵遁走。半夜子时,和尚起来敲钟,保护原野间辛苦奔波的夜行人不受邪祟……

庙改成小学,神像都不见了,钟依然在,巍然如一尊神。钟声响,引来的不再是香客,是成群的孩子。大家围着钟,睁着发亮的眼睛,伸出一排小手,按在钟面的大明年号上,尝震颤的滋味。

手挨着手,人人快活得随着钟声飘起来,无论多少只小手压上去,钟声悠悠然,没有丝毫改变。

校工还在认真地撞钟,后面有人挤得我的手碰着她尖尖的手指了,挤得我的脸碰着她扎的红头绳儿了。挤得我好窘好窘!好快乐好快乐!可是我们没谈过一句话。

钟声停止,我们这一群小精灵立刻分头跑散,越过广阔的操场,冲进教室,再迟一分,老师就要坐在教席上,记下迟到的名字。看谁跑得快!可是,我总是落在后面,看那两根小辫子,裹着红头绳儿,一面跑,一面晃荡。

……如果她跌倒,由我搀起来,有多好!

我们的家长从两百里外请来一位校长,校长来到古城的时候牵着一个手指尖尖、梳着双辫的女儿。校长是高大的、健壮的、声音洪亮的汉子,她是聪明的、伤感的、没有母亲的孩子。家长对她好怜爱、好怜爱,大家请校长吃饭的时候,太太们把女孩拥在怀里,捏她,亲她,解开她的红头绳儿,问,"这是谁替你扎的?校长吗?"重新替她梳好辫子,又量她的身材,拿出料子来,问她哪一件好看。

在学校里,校长对学生很严厉,包括对自己的女儿。他要我们跑得快,站得稳,动作整齐划一。如果我们唱歌的声音不够雄壮,他走到我们面前来叱骂:"你们想做亡国奴吗?"对犯规的孩子,他动手打,挨了打也不准哭。可是,他绝对不禁止我们拿半截粉笔藏在口袋里,他知道,我们在放学回家的路上,喜欢找一块干净的墙壁,用力写下"打倒日本帝国主义"。大军过境的日子,他不处罚迟到的学生,他知道我们喜欢看兵,大兵也喜欢摸着我们的头顶想念自己的儿女,需要我们带着他们找邮局寄家信。

你们这一代,要在战争中长大。你们要早一点学会吃苦,学会自立,挺起你们的胸膛来!有一天,你们离开家,离开父母,记住!无论走到哪里,都要挺胸抬头……

校长常常这么说。我不懂他在说什么。我怎么会离开父母?红头绳儿怎么会离开他?如果彼此分散了,谁替她梳辫子呢?

……

卢沟桥打起来了。那夜我睡得甜,起得晚,走在路上,听到朝会的钟声。这天,钟响得很急促,好像撞钟的人火气很大。到校后,才知道校长整夜守着收音机没合眼。他抄录广播新闻,亲自写好钢板,喊醒校工,轮流油印,两人都是满手油墨,一眶红丝。小城没有报纸,也只有学校里有一台收音机,国家发生了这么大的事情,不能让许多人蒙在鼓里。校长把高年级的学生分成十组,分十条线路出发,挨家散布油印的快报。快报上除了新闻,还有他写的一篇文章,标题《拼到底,救中国!》我跟红头绳儿编在一组,沿街喊着"拼到底,救中国!"家家跑到街中心抢快报。我们很兴奋,可是我们两人没有交谈过一句话。

送报回来,校长正在指挥工人在学校的围墙上拆三个出口,装上门,在门外的槐树林里挖防空坑。忙了几天,开始举行紧急的警报防空演习。警报器是疯狂地朝那口钟连敲不歇,每个人听了这种异常的声音,都要疏散到墙外,跳进坑里。校长非常认真,提着藤鞭在树林里监视着,谁敢把脑袋伸出坑外,当心藤鞭的厉害。他一面打,一面骂:"你找死!你找死!我偏不让你死!"骂一句,打一下,疼得你满身冒汗,哭不出来。

校长说得对,汗不会白流,贴着红膏药的飞机果然来了。他冲出办公室,亲自撞那口钟。我找到一个坑,不顾一切跳下去,坐下喘气。钟还在急急地响,钟声和轰隆的螺旋桨声混杂在一起。我为校长担心,不住地祷念:"校长,你快点跳进来吧!"这种坑是为两个人一同避难设计的,我望着余下的一半空间,听着头顶上学生们咚咚的脚步响,期待着。

有人从坑边跑过,踢落一片尘土,封住了我的眼睛。接着,"扑通"一声,那人跳进来。是校长吗?不是,这个人身躯很小,而且带来一股雪花膏味儿。

"谁?"我闭着眼睛问。

"我。"声音很小,听得出来是她,校长的女儿!

我的眼睛突然开了!而且从来没有这么明亮。她在喘气,我也在喘气。我们的脸都红得厉害。我有许多话要告诉她,说不出来,想咽唾沫润润喉咙,口腔里榨不出一滴水。轰隆轰隆的螺旋桨声压在我俩的头顶上。

有话快一点说出来,也许一分钟后,我们都要死了。……要是那样,说出来又有什么用呢?……

时间在昏热中过去。我没有死,也没有说过什么。我拿定主意,非写一封信不可,决定当面交给她,不能让第三者看见。钟声悠悠然,警报解除,她走了,我还在坑里打腹稿儿。

出了坑,才知道敌机刚才低飞扫射。奇怪,我没听见枪声,想一想,坑里飘进来那些槐叶,一定是枪弹打落的。第二天,校长和家长们整天开会,谣言传来,说敌机已经在空中照了相,选定了下次投弹的地方。前线的战讯也不好,敌人步步逼进,敏锐的人开始准备逃难。

学期决定无期限停课,校长打算回家去抗战,当然带着女儿。这些可不是谣言。校长为人太好了,我有点舍不得他,当然更舍不得红头绳儿,快快朝学校走去。我已经写好的一封信,装在贴身的口袋里发烫。一路宣着誓,要在静悄无人的校院里把信当面交给她。……怎么,谁在敲钟,难道是警报吗?——不是,是上课钟,停课了怎么会再上课!大概有人在胡闹吧……我要看个究竟。

学校里并不冷清,一大群同学围着钟,轮流撞击。钟架下面挖好了一个深穴,带几分阴森。原来这口钟就要埋在地下,等抗战胜利再出土。这也是校长的主意,他说,这么一大块金属落在敌人手里,必定变成子弹来残杀我们的同胞。这些同学,本来也是来看校长的,大家都有点舍不得他,尽管多数挨过他的藤鞭。现在大家舍不得这口钟,谁都想多听听它的声音,谁也都想亲手撞它几下。你看!红头绳儿也在坑边望钟发怔呢!

钟要消失,红头绳儿也要消失,一切美好的事物都要毁坏变形。钟不歇,人不散,只要他们多撞几下,我就会多有几分钟时间。没有人注意我吧?似乎没有,大家只注意那口钟。悄悄向她身边走去,挤两步,歇一会儿,摸一摸那封信,忍一忍心跳。等我挤到她身后站定,好像是翻山越岭奔波了很长的路。

取出信,捏在手里,紧张得发晕。

我差一点晕倒。

她也差一点晕倒。

那口大钟剧烈摇摆了一下。我抬头看天。

"飞机!"

"空袭!"

在藤鞭下接受的严格训练看出功效,我们像野兔子一样蹿进槐树林,隐没了。

坐在坑里,听远处炸弹的爆裂,不知道自己家里怎样了。等大地和天空恢复了平静,还不敢爬出来,因为那时的防空知识说,敌机很可能回头再轰炸一次。我们屏息静听……

很久很久,槐林的一角传来女人的呼叫,那是一个母亲在喊自己的孩子,声嘶力竭。接着,槐林的另一角,另一个母亲,一面喊,一面走进林中。

立刻,几十个母亲同时喊出来。空袭过去了,他们出来找自己的儿女,呼声是那样的迫切、慈爱,交织在偌大一片树林中,此起彼落……

红头绳儿没有母亲……

我的那封信……我想起来了,当大地开始震撼的时候,我顺势塞进了她的手中。

不会错吧?仔细想想,没有错。

我出了防空坑,特地再到钟架旁边看看,好确定刚才的想法。钟架炸了,工人正在埋钟。一个工人说。钟从架上脱落下来,恰好掉进坑里,省了他们好多力气。要不然,这么大的钟要多少人抬得动!

站在一旁回忆刚才的情景,没有错,信在她手里。回家的路上,我反复地想:好了,她能看到这封信,我就心满意足了。

大轰炸带来大逃亡,亲族、邻居、跟伤兵、难民混在一起,滚滚不息。我东张西望,不见红头绳儿的影子,只有校长站在半截断壁上,望着驳杂的人流发呆。一再朝他招手,他也没有看见。

果然如校长所说,我们在战争中长大,学会了吃苦和自立。童年的梦醒了,碎片中还有红头绳儿的影子。

征途中,看见挂一条大辫子的姑娘,曾经想过:红头绳儿也该长这么高了吧?

看见由傧相陪同、盛装而出的新妇,也想过:红头绳儿已嫁人了吧?

自己也曾在陌生的异乡,摸着小学生的头顶,问长问短,一面想:"如果红头绳儿生下了孩子……"

我也见过许多美丽的少女流离失所,人们逼迫她去做的事又是那样下贱……

直到有一天,我又跟校长见了面。尽管彼此面貌都变了,我还认得他,他也认得我。我问候他,问他的健康,问他的工作,问他抗战八年的经历。几次想问他的女儿,几次又吞回去。终于忍不住还是问了。

他很严肃地拿起一根烟,点着,吸了几口,造成一阵沉默。

"你不知道?"他问我。

我慌了,预感到什么,"我不知道……我真的不知道。"

校长哀伤地说,在那次大轰炸之后,他的女儿失踪了。他找遍了每一个防空坑,问遍了每个家庭。为了等候女儿的消息,他留在城里,直到听见日军的机关枪声。……多年来,在茫茫人海,梦见多少次重逢,醒来仍然是梦……

怎么会!怎么会!我叫起来。

我说出那次大爆炸的情景:同学们多么喜欢敲钟,我和红头绳儿站得多么近,脚边的坑是多么深,空袭来得那么突然,我们疏散得多么快!……只瞒住了那封信。我一再感谢校长对我们的严格训练,否则,那天将炸死很多孩子。校长一句话也不说,只是听,为了打破可怕的沉默,我只有不停地说,说到那口钟怎样巧妙地落进坑中,由工人迅速填土埋好。

泪珠在校长的眼里转动,吓得我住了口。这颗泪珠好大好大,掉下来,使我更忘不了那次轰炸。

"我知道了!"校长只掉下一颗眼泪,眼球又恢复了干燥。"空袭发生的时候,我的女儿跳进钟下面的坑里避难。钟掉下来,正好把她扣住。工人不知道坑里有人,就填了土……"

"这不可能!她在钟底会叫……"

"也许钟掉下来的时候,把她打昏了。"

"不可能!那口钟很大,我曾经跟两个同学同时钻到钟口里面写标语!"

"也许她在往坑里跳的时候,已经在轰炸中受了伤。"

我仔细想了想:"校长,我觉得还是不可能!"

校长伸过手来,用力拍我的肩膀:"老弟,别安慰我了,我情愿她扣在钟底下,也不愿意她在外面流落……"

我还有什么话可说?

临告辞的时候,他使用当年坚定的语气告诉我:

"老弟,有一天,咱们一块儿回去,把那口钟吊起来,仔细看看下面。……咱们就这样约定了!"

当夜，我做了一个梦，梦见我带着一大群工人，掘开地面，把钟抬起来，点着火把，照亮坑底。下面空荡荡的，我当初写给红头绳儿的那封信摆在那儿，照老样子叠好，似乎没有打开过。

(选自《碎琉璃》)

神　仆

回想抗战当年,占领我乡古城自称"大日本警备队"队长的那个少尉,倒也是个人才。他想突破孤立,跟地方人士增加联系。但是,大家躲着他,防着他,咒他骂他,谁跟他打交道,谁就被亲戚朋友看不起。怎么办呢? 他有办法,他的办法是抓人,他抓升斗小民,来往商旅,青年学生,还有进城卖粮食买布匹药品的庄稼汉。只要有一个人关进他的大牢,就会有一百个人着急。这一百个人里面自然会有一个人出头,要求到警备队来见他。

城里有一个人,专门替那个少尉穿针引线,架起一条又一条交通管道。地方上给这个人取了一个绰号:老鼠。这个肥胖的中年人秃头,短须,个子矮,走路的时候有些驼背。最奇怪的是他脚步极轻,来去无声,在你不知不觉中突然出现,带来阴险,卑鄙与肮脏。不错,他是老鼠,一只肥胖的老鼠,由内到外惹人讨厌。但是,到了"万一"的时候,你也许非常需要他,到处找他,把他当作一个救命的人。

秋尽冬来,我们教会的宗长老说农闲的季节快要到了,一年一度的奋兴布道大会该筹备了。他在乡下那座小小的临时礼拜堂里对我的母亲说这些话的时候,我在母亲身旁。宗长老还说,这一间礼拜堂太小了,容不下多少人。抗战快点胜利吧,那时候,我们可以回到城里去,在那座宽大的礼拜堂里布道。说完这几句话,他忽然觉得有什么地方不对,回头一看,"老鼠"不知在什么时候走进来,早已准备好了一副笑容挂在脸上,也早已准备好了他的寒暄客套:"快了,快胜利了,你们城里的礼拜堂几年没有修理,恐怕要漏雨了。"

大家虽然讨厌这个人,却不得不"请坐,喝茶"。无事不登三宝殿,大家等他开口。果然,他有消息,他说,日本警备队抓了一个外乡人,认为他是重庆派来的间谍,可是那个外乡人却说自己是一个云游四方没有会派的传道人。这里没有谁知道他的底细。少尉说,如果这人是抗日分子,当然该杀;如果真是一个传道人,当然该放。少尉希望本地教会的当家人进城,跟这个嫌疑犯仔细谈谈。少尉说,寺庙能够用这种方法鉴别真和尚,假和尚,教会也应该能够用同样的方法鉴别真信徒和假信徒。

我们的目光集中在宗长老身上,他是教会中资望最高的人,他才有资格也有义务闯探虎穴。他感觉到挑战的压力,闭上眼睛,用"气音"祈祷。"如果教会置身事外呢?"他睁开眼睛问。"少尉是一个读过《圣经》的人,"老鼠说。"他知道,从前有一个国王,把先知丢进狮子坑里,上帝封住了狮子口,保住先知的命。他说,如果教会不敢出头,他就把那个传道人交给狼狗,看看上帝会不会封住狼狗的嘴。""我的上帝!一个人读《圣经》,又不信《圣经》,这样的人最可怕。"说完,宗长老又闭上眼睛。

在那个年代,有一种志愿布道的人,单人独骑,远走四方,随时随地即兴传播福音。《圣经》上说:先知在本乡本土是不受尊敬的,你们要深入外邦。他们就这么办。《圣经》上说,你们口袋里不要带钱,也不要有两双鞋子。他们就这么办。《圣经》上说,人们不知道你从哪儿来,也不知道你往哪儿去,但是你留下了救恩。他们就这么办。《圣经》上还说,他饿了,你们要给他吃;他渴了,你们要给他喝。你们接待他,等于接待了主。我们也都这么办。

听说这样一个人蒙难了,我的母亲有些激动。她说,教会应该出面救人。她以为,上帝特别看重这个教会,才把使命交给我们。同座的教友随声附和:"是的!是的!"如果我们畏缩不前,让狼狗咬死那位弟兄,我们以后怎么再站在讲坛上证道?上帝看见了我们的软弱,将降下什么样的惩罚?"是的!是的!"宗长老睁开眼睛,非常安静,非常沉着。他说话的神态几乎是自言自语:"去,当然应该。问题是我平生不会出题目为难别人。我不知道怎样测验他,上帝没有给我这样的才能。我刚才没有向上帝要求别的,我只要求有人帮我出题目。"他淡淡地扫了我一眼。"像这位小兄弟,他看过《圣经》,他能从《圣经》里找出很多难题来,连传道多年经验丰富的牧师都几乎招架不住。假基督徒一定逃不过他这一关。可惜他的年纪还小,不能跟我一块儿去。"

我一时摸不清楚他是捧我还是贬我。母亲把脊梁骨一挺,问我:"你敢不敢去?"我也把胸脯一挺,很爽快:"我敢去!""好,你跟宗长老一块儿去!""好!"当时,我简直不知道自己在说什么。我只看见别人惊疑的脸色和宗长老眼睛里喜悦的光。好久,我清醒过来,弄清楚自己所做的承诺。我想那一定是神的意思,神在我里面说话。我道道地地做了神的工具。

出发之前,"老鼠"告诉我们进城的规矩:不要走得太快,也不能太慢。不要交头接耳,不要跟熟人多谈话,遇见陌生人也不要仔细看。宗长老塞给他一包钱,他的兴致很高,一股脑儿告诉我们:见了日本人一定要鞠躬,而且要九十度的大鞠躬,这样他才不会怀疑你是学生或者大兵。见了翻译官要送金子,翻译官喜欢跟人家握手,利用握手的机会把金戒指按住他的手心,他最满意。这些规矩,看起来并不太难。宗长老拿起《圣经》,母亲也把她手里的袖珍《圣经》放在我的衣袋里。紧紧握住《圣经》,胆子大了一些。宗太太把无名指上的金戒指脱下来,塞进长老的口袋里,看见金光闪耀,我们的胆子更大了。

一切照"老鼠"的指示做:从走进城门的那一刻起,时时检点自己的举动,同时又装作漫不经心的样子。一个人用这种心情回老家,实在酸楚。走着走着,走过那手术台一样干净的广场,走上那青石铺成的阶级,碉楼的影子劈头压下来,压得我头皮发麻。在阶下看阶上,卫兵的皮靴好高好长。到阶上看卫兵,五短身材,除了长筒皮靴以外所余无多,步枪加上刺刀,比人还高出半头。东洋兵的个子那么矮,却喜欢用特别长的枪!我们鞠躬,屁股翘得好高。我忽然觉得好滑稽,这哪儿是鞠躬,这是把屁股翘起来给他看,而卫兵的表情是很喜欢,让我们顺利跨进高高的门限。

日本警备队征用了古城最大的一座住宅,大门里面是一个院子,迎面有照壁挡住视线,墙下菊花盛开。每天早晨,三十多名日兵在这里做早操。左右两边有边门通往另一进院子,"老鼠"带我们往右走,匆匆瞥见左边门内的长廊,廊前的井字栏杆依然无恙。右面的院子也像门外的广场那样干净,一尘不染,寸草不生。右面的房子没有窗户,窗子全堵死了,留下一排通风的气孔。旧日的门也没有了,现在镶着铁板,铆钉星罗棋布。这座教人停止呼吸的房子就是日本警备队的大牢。

在程序上,我们先拜见了翻译官,这次屁股翘得稍低一些。他是一个完全日本化了的中国人,他身上有日本帽子,日本胡子,中国裁缝仿制的日本军服,日本军需仓库剩余的长筒皮靴,日本大兵的皮带和日本军官的手套。还有,日本态度,日本目光,日本姿势。一张口,吐出来清脆的京片子,倒把我吓了一跳。"老鼠"居间介绍之后,他跟宗长老开始那驰名远近的握手,很紧,也很久。然后,他把手缩回去,插进裤袋里。他一定在裤袋里玩弄他得到的东西。他的脸色缓和下来,看样子,他对那东西还算满意。

翻译官带着我们去找钥匙。他亲手拨开门锁,退后几步,"老鼠"连忙上前推门。那扇铁门好重,"老鼠"使出全力,宗长老也卷起袖子参加。一阵摩擦撞击的响声。这一间很大的房子,里面没有隔间,四壁一览无余。墙上,高高低低,挂着铁环,犯人锁在铁环上,贴墙站立囚犯虽然不少,屋子里依然空荡荡的。有些囚犯不但被上面的铁环锁住了手,还被下面的铁环锁住了腿。这就是令人战栗的日本大牢。有一个传教士跟教外人士辩论究竟有没有地狱,他朝古城的方向指着说:"当然有地狱,日本大牢就是人间地狱。"囚犯挂在墙上,负责审讯的人在中间空地上走动,他的部下推着一个活动的工作架紧紧跟随,架上有种种奇怪的刑具:特制的皮鞭,能揭下人的表皮。特制的钳,可以拔掉人的指甲。特制的夹子,可以夹破人的睾丸。他愿意用哪件刑具就用哪一件,愿意逼问谁就加在谁的身上。所到之处,鬼哭神嚎。有人受不了这样的酷刑,挂在墙上断了气。有人看见别人天天熬刑,不等刑罚加在自己身上先吓死了。我们是少尉队长邀请的客人,我们手里有《圣经》,翻译官口袋里有我们的金子。但是我觉得一股寒气从脚踝上升,浸人脊椎。看那些肌肉扭曲成奇形怪状的人,我的四肢跟着酸痛。这地方本来应该很脏,可是日本兵把它冲洗得干干净净。他们以爱好清洁闻名世界,却冲不掉墙上的血迹,冲不死在囚犯腿缝里出出进进的老鼠,真正的老鼠,滚动着寒星一样的眼珠。这是一个没有人间烟火的地方,这儿的老鼠吃什么呢?一念闪过我立刻发抖,从腿抖起。

一个魁梧的汉子,挂在较高的环上,他是我们要找的人。怪不得敌人怀疑他,他在体型上吃了亏。不知是巧合还是有意,敌人把他的两手锁在两个环上,左右分开,胸膛敞露,正是钉在十字架上的姿势。他的衣服破了,露出胸部和腿部的肌肉。他的脸肿了,眼睛挤成一条缝,只能垂着眼皮看人。我立刻联想到教堂里高高在上的苦像。我在地狱里看见代死的英雄。我从来没有像此时这样需要上帝,相信上帝。主啊,主啊,这个名字给我支持的力量。主啊,主啊,我觉得这种呼喊比黄金,比印刷的《圣经》,更能控制我的心跳。

"咕咚"一声,走在前面的宗长老跪下。我早已发软的膝盖跟着落了地。"主啊,感谢赞美你,这一切,你都看见了!"宗长老祷告。墙上的大汉低低地响应:阿门!"主啊,我们相信一切都是你的旨意。死亡在你,复活也在你。恩赐在你,权柄也在你。"我跟那大汉同时说:"阿门!"立刻,我不再惧怕了。我们有三个人,三个声音交响,三颗心合为一体,不再孤独。《圣经》上说,只要有三个人同心合意的祈祷,主必在他们中间。那天,那时,我完完全全相信这句话,我觉得,我们三个人中间的方寸之地,就是一座圣洁的殿堂。"主啊,我知道你要试炼我们。(阿门!)感谢你与我们同在。(阿门!)感谢你在我们中间。(阿门!)感谢你用火烧我们,用铁锤打我们,锻炼我们,成全我们。(阿门!阿门!)……"

虽然受过许多折磨,那锁着的人还是能够发出清朗坚定的声音,而且拖着充满了情感的尾音,余韵悠长。这简直是奇迹。宗长老举起双臂,仰脸向上,用带着颤抖的呐喊对上帝祈求:"可是主啊,田里的庄稼熟了,收割的时候到了。(阿门!)播种在你,收割也在你,让你的工人下来吧!(阿门!)派遣你的工人去做工吧!(阿门!)求你让我们脱离试炼,感谢主赞美主哈利路亚!(哈利路亚!)求你放下你的工人,感谢主赞美主哈利路亚!(哈利路亚!)……"他用同样的话向上帝反复央告,他的声音愈来愈激昂,在呐喊之中加入了哭泣的成分。我们的精神同样亢奋,用同样的哀音紧紧追随。在这种狂热的祈祷里,我到达一个忘我的境界,此身飘浮,飘浮,无目的无止境地飘浮着……然后,他的情绪从最高点下降,声音逐渐降低,放下手臂,垂下头来,用近似喃喃自语的祝谢来收束。回到现实世界,我和宗长老都出了一身热汗。

我的使命本来是要刁难这人,刺激这人,戏弄这人,分析他到底有多少基督徒的成分。我们以为可以在一间清静的屋子里对面端坐,质疑问难。我事先准备了许多刁钻古怪的题目。我要问他:天地万物都是上帝创造的,上帝为什么要创造魔鬼?我要问他:神是看不见,摸不着的,你如何证明有神?我要问他:圣父,圣子,圣灵既是三位,又如何一体?《圣经》教我们尽心,尽性,尽力,尽意敬爱上帝,这"心,性,力,意"有何区别?在天堂上,所有的灵魂都是上帝的儿女,都是兄弟姊妹,那么,我是否要跟我的父亲叫哥哥?这些问题一个冒牌的传道人绝对答不出来。除此之外,我还准备了一个下流,刻薄的题目,我想问他,马利亚以童女的身份从圣灵怀孕,那么上帝也有性欲?我希望这个题目一出口,看见他从椅子上跳起来……结果,这些题目都用不上。我把它们忘记了,抛到九霄云外。也幸亏如此!我的动机是如此邪恶,我如果记得自己的罪,真要在人间地狱里活活吓死。

少尉在他的办公室里接见我们。"老鼠"又叮嘱一句:"不要东张西望。"我们在办公室外停步,等翻译官的召唤。他目送我们走进去,自己悄悄溜开。我警告自己:不要东张西望。我一眼看见墙上挂着一幅行草,就盯住不放。上面写的是"细雨临风岸,危樯独夜舟……"很雅。我不敢看少尉,眼睛的余光恍惚看见他整洁的袖口和白皙的手。他似乎很客气,因为翻译官说:"太君要你们坐下。"我想,这一场艰苦的应对由宗长老去进行,我还是少开口为妙。我专心看墙上的字:"星垂平野阔",写得豪放,有几分黄山谷。下款是日本人的名字,日本人也能写这么好的毛笔字,怪不得说是同文同种。我感到文化的亲和力。可是,我的目光向右移了一尺,那里赫然挂着少尉佩用的长刀。不见刀身,单看那被手掌磨润了的刀柄,我的神经又紧张起来,不想再去看什么"月涌大江流"。

我的目光落在翻译官身上,他正在努力把日本话变成中国话,又把中国话变成日本话。少尉说话时,他恭恭敬敬站着听。等少尉的话告一段落,还加上一声"哈衣","哈衣"好像是一句咒语,把一个彬彬有礼的人变成狂妄傲慢。他用叱责小孩子的语气和神情,把少尉的话译给我们听。少尉首先问那个嫌疑犯到底是不是一个真正的传道人?宗长老肯定地说,他是。"怎么知道他是?"宗长老一本正经地答复:"我祷告的时候,上帝跟我交通。他给我启示。""这种说法太玄了,你得给我一个实实在在的答案。"少尉好像不高兴。宗长老急忙分辩:"不玄,一点也不玄,我说的是老实话。我们传道人跟传道人见了面,第一件事是互相替对方祷告。只要听听他的祷告,只要听他说一句'阿门',说一句'哈利路亚',我们就知道他里面有没有神,有没有生命,谁也骗不了谁。"听翻译官和善的语气,少尉是满意了。他说,"太君"决定放人,由宗长老具保。保结已事先准备好,上面大部分是勾勾点点的日本字,看不懂什么意思。"盖指纹吧",翻译官说。事出意外,宗长老口里连连称是,左手右手却不肯伸出来。自己也知道赖不掉,只好用指尖蘸一蘸油墨,轻轻点上。翻译官趁势捏住他的指头,重重地在油墨里,打了一个滚儿。大半个手指全黑了。再到保结书上打一个滚儿,好像手指头剥下皮来,贴在纸上。宗长老抽回手指一脸懊丧。那年代,我们都相信盖过指模的人一定要倒霉。

谈话继续进行。少尉的口吻还是那么急躁,在我听来,日本话永远是急躁,不耐烦。可是翻译官忠实地反映少尉的态度,他和和气气。他说,皇军对教会有好感,一定保障信仰宗教的自由。皇军认为,教会应该结束流亡,重回原址,并且劝导本来住在城里的信徒重整故园,安居乐业。这一番话说得和颜悦色,入情入理。紧接着话锋陡转,如急雨打落秋叶,他说,如果教会不肯合作,皇军就有理由相信,教会是一个有组织的抗日机关。教会将永远不能回到古城,即使躲在乡下,也有一天无法立足。不但少尉是个人才,翻译官也是,他连主子的人格气质,心态,一并传达过来。少尉的表演有段落层次,有缓急擒纵,翻译官依样拷贝,丝丝入扣。……后来,我听说人类在研究翻译机,马上想起这位翻译官来。人类要到什么时候才造得出这样灵敏可爱的机器?

宗长老借来一辆牛车,载着那遍体鳞伤的汉子下乡。汉子躺在车上用一顶斗笠盖着脸。牛车摇摇摆摆颠颠簸簸往前走,走得好慢好慢。每听得车轮跳一下,我们的心就绞一下,唯恐那汉子的伤口疼痛难消。大街小巷钻出来许多人问长问短。"断气了没有?"竟有说这种话的好心人。我们轻描淡写搭理几句,低头赶路。出了城,这才放下心里的吊桶。日正中天,暖意洋洋,若不看远山近树褪尽了青绿,实在不觉得这是深秋。宗长老长吁一口气:"感谢主!"不知在这条路上往返过多少次,今天坐牛车,才觉得它好长好长。在车上摇呀晃的,不觉打起盹儿来。车停了,反而惊醒。睁开眼,蓦然看见母亲,吃惊不小,母亲怎么也来了!我的四周有许多人,都是经常来参加礼拜的亲戚朋友。原来我们已经回到教会了。真是谢天谢地!大汉还躺在车上,几个男教友商量怎样抬他下车。他挺身坐起,斗笠掉在地上。看样子他还撑得住。

"谢谢各位!"他说,音量不弱。"那位弟兄原车送我一程,我要马上离开这里。""那怎么成!"宗长老叫起来。"先把伤养好了再说。别看这个教会小,也是神的家。你住在神的家里,神不会让你有缺欠。""我不是这个意思。"

"有什么意见,下车再说。"几个人拥过来搀他进屋子,大家观察他的伤势。有人主张先烧一锅开水让他洗澡,有人主张在洗澡水里放什么药材。有人说家有祖传的伤药,可以拿来涂在他的脸上。有一个男人吆喝着叫他的妻子回家抓鸡,用清炖鸡汤给这个汉子补一补。人多口杂,莫衷一是。宗太太"哎呀"了一声,打断了众人的纷纷议论。她指着那人的手。他最重的伤在手上。在大牢里,那些人朝他的指甲缝里扎针,一天刺一根指头。他的十个指头肿成一块肉饼。望着他的手,谁也拿不出主张来。

"先吃饭,后求医。"宗长老作了结论。"我们把一切交给主。"一提吃饭,教友们觉得该好好招待这个不平凡的客人,东家到菜园去挖白菜萝卜,西家到地窖里提一篮地瓜……老母鸡望着菜刀扑翅膀,豆油在热锅里吱吱地叫。一阵热腾腾香喷喷的气味,地瓜煮熟了。菜端上桌子,人围着坐下。客人的手不能拿筷子,众人公推我坐在他旁边,把菜饭送进他的嘴里。他老实不客气大嚼起来。看他的吃相,他的健康还很好。宗长老呢,他说"我最喜欢吃地瓜",伸手抓起一个。宗太太提醒他:"别噎着啊!""笑话!我又不是三岁孩子!"他抗议。那汉子又说:"吃完了这顿饭,我就上路。"宗长老不等口中的地瓜下咽,含糊不清地阻止。"牛车已经回城里去了。好兄弟,听我劝,在这里养伤,伤好了,大概我们也该举行奋兴布道大会了,你担任一天的讲员。"他喝一口汤,清清喉咙。"我想过了,教会在外面长年寄人篱下也不是办法。干脆回到城里去吧,布道大会就在城里举行。你看怎么样?"他又咬了一大口地瓜。

大汉向我摇手,表示他吃饱了。"宗先生,我非走不可,你只要派车送我一天的路程,我就有办法。我在这里会连累你。不瞒你说,我不是传道的,我是抗战的,我到贵地来是替国军搜集情报。"我一听,傻了。宗长老的气管里古怪地响了一声,头往前伸,目瞪口呆。宗太太急忙走过去捶他的背,一面捶一面说:"别急,别急,慢慢地喝一口汤。你看你,不是又噎住了?简直不如三岁的孩子!"

(选自《碎琉璃》)

道德的傧相

傧相,也有画了一张大花脸的。

1.三行绝命诗

大人物的故事不能多说,且说小人物。台北市在五十年代之末还有很多简陋的房屋,矮矮的房顶,小小的门窗,地上铺着粗糙的水泥。从四乡入城谋食的人多半租这种房子容身,房子虽然狭小,却有自己的门单独出入,很是方便。

话说这天有个男子带着一个少妇前来租屋,晚上两人就同宿在室中。第二天,男子出门去了,不见少妇露面。晚上,另外一个不同的男人来此过夜。第三天,少妇有事?"老头儿放松了戒备。

"我是孩子的舅舅,看报知道他家出了事,老远跑来,没想到见不着。他能到哪里去呢?"

"是啊,他能到哪里去?他走到哪里都有人指指点点,何况他还有两个孩子!他只有整天躲在家里。今天你这位舅爷来了,那是再好也没有,他现在只有靠你了。"老头儿很愉快,他有机会做一件好事,"你到右边第二家,找一位何太太。何太太每天替他买菜,门是何太太替他锁的,钥匙也在她手里。"

4.第二个谎言

何太太正戴着眼镜低头看报,听见有人喊她。"你怎知道我是何太太?"她疑惑地望着这个陌生男子。

"我姐夫写信告诉我的"记者伸手向左一指。何太太立即发挥她的想象力。"他是你姐夫?他写信叫你来?你也看见报上的新闻了?——唉!"

记者顺势迎上去。"这几天多亏何太太照顾。俗语说千金买屋,万金买邻,真是一点不假。多亏有你这位好邻居!"

何太太非常快乐。当她听见对方说:"我姐夫信上说你有他家的钥匙",毫不怀疑也毫不迟疑。"这钥匙,我是皇帝来了也不给的,你是他家舅爷,当然不一样啦!"

5.第三个谎言

轻轻打开大门,通过小小的院子,进入起坐室,只见一个两眼失神的男子,坐在藤椅上,上身披着中山装,下面穿着睡裤,一个流着口涎露着屁股的婴儿在他脚前爬来爬去,啃咬他脚下的木屐。

陌生人闯入,惊得那男子跳起来:"你是什么人?"

"我是新闻记者。"回答得坦率。

"你滚!你滚出去!"男子羞怒交加。

"我是记者,可是,我不是来采访的,我来帮你的忙。"

男子愕然。你来帮我的忙?你能帮我什么忙?记者的口吻非常诚恳,他说我们同病相怜!我知道怎样处理这样的变故,你应该听听我的经验。记者说:"五年前,他的太太跟人家跑了,也被人家骗了,流落在外,至今去向不明。"

记者对那男子说:"我那时恨死了她。我知道她在外面走投无路,也不去帮她。我知道她后悔了,也不给她一个机会,孩子哭着要妈妈,我就打孩子。我恨不得她在外面冻死饿死。我恨不得亲手把她杀死。我宁愿她在外面做小偷做婊子。这是五年前的事情,这件事情我一直想了五年。五年的粮食不是白吃的,我有经验,现在我知道这件事应该怎么处理!"男子默然,他递过来一支烟,又去泡了一壶茶。

6.你有全家合照的相片吗?

轮到那男子诚恳了。"依老兄看,我该怎么办?"

"五年前,我也不知道怎么办。现在我知道了,宽宏大量,既往不咎,让她回家!让她回家?"

"让她回家!你可以不要妻子,孩子不能没有妈妈。"

"她肯回来?"

"她可以不要丈夫,不能不要孩子。"

"我是说,她有脸回来?"

"只要你包容她,接纳她。对她,你比全世界的人都重要。"

男子离座,在小小的起坐间里茫然四顾。"不行!她有这个脸,我没有!报上的字这么大,天下人都知道了!"

记者微笑。"报上天天有这么大的字,可是报上登过的事你记得多少?他们今年记得你明年还记得不?他们明年记得你,后年还记得不?你们还有三十年四十年夫妻好做哪!"

"可是这个小镇里头……"

"你可以搬个家,你可以换个工作,嫂夫人可以换一换发型,只有你们夫妻母子不可以分开。"

一番长谈,那男子完全接受了新闻记者的意见。记者说:"现在,你亲口对我说你完全原谅她。你要求我,要求一个新闻记者,把你的话写下来,登出来。你说孩子可怜,需要母亲,要她赶快回家。——你有没有全家合拍的照片?"

"要照片做什么?"

"我拿去登在报上,她看见照片,还能不赶快奔回来吗?"

7.最后一条诡计

那记者顺利取到照片,起身告辞,他必须赶乘这一班北上的快车,才赶得上报社的发稿时间。照片和新闻必须明天见报,以防失去时效。问题是那时由采访地到火车站只有长途的公共汽车可乘,其他交通工具都还没有。他必须乘公共汽车到达火车站,接着赶乘北上的快车,不能有一分钟耽搁。那记者对自己说:"没奈何,我只好用这最后一计了。"

那时记者都有一张"戒严通行证",他跳上公共汽车,掏出通行证朝司机眼底一晃,低声说:"直开火车站,中途不要停车。"说完,站在司机背后,两眼直瞪着前方,并不就座。戒严通行证是一张白色的卡片,上端横印一行字:"台湾省警备司令部",中间直印一行字:"戒严通行证",两行字呈丁字形。长方形的大印盖在中间,正好把"戒严通行证"五个字压住,再隔一层微微泛黄的塑胶套,这五个字需要仔细看。司机来不及仔细看,也来不及仔细想,他不知道发生了什么情况,只是为那显赫的名衔所震慑,赶快踩下油门。

全车乘客面色肃然,静待发展。公车超速直达,一路不停,无人抗议,赶到火车站,那记者一跃而下。公共汽车原路折回,把一车乘客分送到他们原本打算下车的地方。

8.天下岂有白吃的客饭

火车票是来不及买了,好在站务人员认识他,任他闯过收票口上车,上车时又是一跃。分秒不差,火车就在他站定时蠕蠕开动。找个座位坐下,想在车上把稿子写好,忽然饥肠辘辘,这才想起午饭没吃,晚饭的时间也快错过了。车上有餐饮,可是他口袋里没有钱。那时记者待遇菲薄,入不敷出。

新闻记者交游广阔,乘客中必有熟人。他起身察看,接连穿过三节车厢,但见眼观四面耳听八方的黑社会老大,捧读武侠小说的厅长处长,对花枝招展的随车服务小姐进以游词的总经理,这些人他都认识,但是,说什么也不能向这些人要一个客饭。最后看到一个同行,另一家报馆的记者,几乎天天跟他抢新闻,此时相见竟觉得分外亲切。新闻记者相识满天下,知心无一人,最后能做朋友的人还是自己的冤家同行。他一把拉住对方:"来陪我上餐车!"开门见山请对方替他要了一客蛋炒饭,埋头大嚼。对方不是泛泛之辈,冷眼观察,不发一言。等到清茶端上来,他开口了:"我这次出师不利,两手空空,回去简直没法交代。可是看样子你老兄是钓到大鱼了,老朋友嘛。露点口风好不好?"他只好说他找到了当事人,拿到了照片。"照片是你独家,你又出了个大风头。我有个不情之请:让我看一看照片,只要五分钟,马上还给你。"看在蛋炒饭的份上,他答应了。

9.结局:个个称心如意

第二天打开报纸,那吃蛋炒饭的记者所写的专访图文并茂,纸贵一时,不在话下。那个出钱买蛋炒饭的记者,也写了一篇访问记,说是他和那痛苦伤心的丈夫谈了两个小时。他有想象力,所以编织了曲折的对话。他看过照片,所以写出了被访问者的容貌神情。他没有照片,只有尽力在文字上表现,有两段对话真要感人下泪呢。

那躲在陋巷里的少妇丢下报纸,直奔车站,满脸是泪。她正为了孩子寝食不安呢,这一脸眼泪不算数,她要回去搂着孩子哭上一天一夜呢。

10.余波:道德迷思

向送公文的小妹行贿,道德家怎么说?冒充舅爷打开新闻当事人的大门,道德家怎么说?为了采访新闻,自称太太跟人家跑了,道德家怎么说?他使用"戒严通行证"冒充治安官员,道德家怎么说?在我们的想象中,道德重整会理事一定大摇其头,连说:"要不得!世风败坏,人心不古!"可是最后,一篇专访挽救了一个家庭,感动了启发了千万个家庭,道德家又怎么说？这时,道德家发现,最后的道德效果,竟然靠前面一连串不道德的行为来支持来酿造,人为了实践道德的目标,竟要靠若干不道德的手段来达成。这是不是一个孤例？

11."替死"的原型

不是,不是孤例,德不孤,"不德"亦不孤,自古已然。今人的故事是不能说的,且说古人。就说春秋时候吧,晋国的权臣屠岸贾杀了赵朔,灭了赵家,赵朔的妻子是公主,住在宫里,屠岸贾不能杀她,但是,他知道赵朔的妻子怀孕待产,他绝不放过这个孩子。赵朔的妻子生下一个男婴,由医生装在药箱里带出宫外,屠岸贾得到消息,全面展开搜索,检查一切可疑的男婴,务必斩草除根,断绝赵家的后嗣。赵朔的遗腹子取名赵武,由赵氏门客公孙杵臼和程婴秘密抚养,以屠岸贾搜查甚急,两人定下一条"替死"之计。他俩先安排一个假赵武,公孙杵臼带着假赵武住在山中,程婴则出面告密。屠岸贾把假赵武杀了,把公孙杵臼也杀了,自以为深谋远虑高枕无忧,却不料程婴悄悄地把真赵武养育成人。故事的结局是:屠岸贾被杀,灭族,赵武继承他父亲的爵禄做了晋国的大夫。中国那个替死的故事,比耶稣早三四百年。

公孙杵臼和程婴的义烈令人肃然起敬,因之,其中不道德的部分就姑置不论了。制造一个假赵武去送死,好像无人提出异议。这个假赵武的来历,京戏《搜孤救孤》说是程婴舍子,牺牲了他的与赵武同龄的孩子,这已经发生道德问题。史书则另有说法,谓公孙杵臼"取他人子"冒充赵武。取他人子?怎么个取法?买来的?抢来的?骗来的?你能说这不是罪恶吗?程婴告密卖友,也是不道德的行为啊!

孟子曰:"行一不义,杀一不辜,而有天下,不为也。"程婴和公孙杵臼如果有这般道德境界,一定救不了赵武,他们为了使故主宗祀不绝,沉冤得雪,也就是为了道德,必须做一些不道德的事情,而且在道德目标的掩护下不受谴责。这等事可谓史不绝书,如果允许我扩张篇幅,我可以到图书馆抄他个百来万字。倒也不用抄,读书人随时看得到。

12."不道德"为道德服务

社会上充满不道德的行为。这些行为,有多少是为道德服务的呢?我们不知道,恐怕上帝也不知道,所以上帝要到末日才裁判世人。道德只可律己,所以"忠厚是无用的别名",有用的人叫"能人",能人长于使用不道德的方法。"选贤与能"就是两种人都要,"贤者在位,能者在职"。是前者指挥后者,前者掌握原则,后者运用技术。老板所望于部下的,是解决问题的能力,是达到目标的能力。他不是开修道院。即使是修道院,"盖世太保"来敲门的时候,也要一个会说谎的修女去应付。世上有好人,有坏人,还有一种"能人",鼎足而三。

生活在今天的世界上,我们还能希求什么呢?只要"不道德"能为道德服务,也就算是盛世了。怕只怕"道德"总是为"不道德"服务。怕只怕道德是技术,是工具,是权宜,是兵不厌诈的那个"诈"。是粉饰太平的那盒"粉"。我们但愿,把"不道德"撕开,露出道德来,我们再也不希望,把道德撕开,露出"不道德"来。我们曾经见过,不道德的后面还是不道德,……后面还是不道德,……后面还是不道德,……最后直通地狱。只要不是这个样子,就好!

大人物,小人物,无非如此。今人,古人,往往如此。所以,我们要圆通一些,达观一些。

(选自《黑暗圣经》)

哭　屋

抗战发生以后,父母一直在为我的读书问题发愁。原有的公私立学校一律关闭了,到千里迢迢的大后方求学,我的年纪又似乎太小。日本扶植的伪政权开始办学校,到处拉学生,把孩子送进去吧,实在不甘心,唯恐孩子进了汉奸办的学校变成小汉奸。那两年,我半夜醒来,常常听到父母在窃窃私语,捶床叹气,别人的父母大概也一样。

正在所有的父母都非常烦恼的时候,有一种说法开始流行,认为政权虽然是伪的,学问可是真的,为求真学问暂时进伪学校,又有什么不可?有了真才实学,等到抗战胜利,还不是一样可以为国家服务吗?父亲颇为这种说法所动,不过为了慎重起见,他还是亲自到县城去了一趟,在那儿住了两天,研究县立中学的课程,观察敌人控制这个学校到什么程度。这座学校大体上还算正常,不过每天早晨做朝会的时候,全体师生要面向东方迎着太阳行三鞠躬礼,表示对日本天皇的崇敬;如果是在天皇生日那一天,全体师生还得欢呼万岁。这是父亲绝对不能忍受的,他回到家里对母亲说:咱们的孩子不能进那种学校。

剩下的一条路只好读"四书五经"了。说起这些旧学,"三先生"是这一方的大家,他的父亲是进士,在黑沉沉的进士第里面,包藏着很多的传奇。老进士曾经在京城里面陪着皇帝作诗,他家的藏书比县城里的图书馆多,他的书房比中学的教室还要大。老进士的书画都是第一流的,外面有五个人模仿他的笔迹,惟妙惟肖,难分真假。倘若因鉴别引起争执,老进士只是微微一笑,从来不表示意见。常有学人自远方来,讨论古书上一句话的真正解释,或者要求看一看某一部书的善本,这些来求教的人个个都是严肃地进来,微笑着出去。进士有三儿一女,都聪明过人,被大家封作神童……

进士第最大的传奇是老进士和他的二儿子长期的争执。在那里,不论男女老幼人前人后都管进士的次子叫二先生,管他的媳妇叫二奶奶。想当年,老进士在京城做官,二先生中了举人,家族的声望蒸蒸日上,是进士第的全盛时期。可是老进士的性格很倔强,他又把这种性格传给了他的儿子,一旦发生重大的争论,谁也不会让步。幸而这种争论从未发生过,不幸的是后来它终于发生了,引得当时的官场和考场谈论他们,谈论了很久。他们争得那么痛苦,别人却谈得那么津津有味。

二先生最大的愿望是和他父亲一样中个进士,他认为中了进士才算是真正的读书人。批八字的人说他没有进士的命,他不信,赶到京城去应考。前两场考得很好,可是到第三场他觉得身体疲倦,精神涣散,好像所有的力气、所有的学问都已经用完了,好像冥冥中有力量抑制他,干扰他,使他迷乱。勉强交了卷子,自己也觉得绝望,抱着绝望的心情看榜,再抱着绝望的心情回家,从"进士第"三个金字下穿过,低着头钻进书房,慌忙关上门,好把母亲、太太、老妈子都关在门外,任人无论怎样喊叫,他也不肯把门打开。

他在书房里抱头痛哭,哭得墙外行路的人都停下来,哭得门外的母亲陪着掉泪。晚饭已经摆好了,可是谁也不肯去摸筷子,家人准备了这么丰盛的菜,而他还关在书房里继续哭。

二先生断断续续哭了几天,情绪慢慢平静下来。家人劝他：功名是前生注定的事，既然命该如此，人力何必勉强？人怎能拗得过考场里的神鬼？二先生默默无语，但是不久书房里面响起了琅琅的书声，通宵不停。

三年过去了，考期又近，他辞别家人，动身应考。他对老进士发誓这次非考取不可，必要的时候，他打算在北京请一个枪手替他考第三场。这要花很多的钱，他请求父亲给他充分的支持。但是老进士勃然大怒，拍着桌子，拍断了他的长指甲，斥责儿子有这种荒唐的想法。他说：考试作弊是读书人终身的耻辱，也是祖先的耻辱、子孙的耻辱，他绝不允许自己的儿子做出这种败坏门风的事情来。骂得二先生含着眼泪登车，二奶奶也含着眼泪送行。

在用过三年的苦功以后，二先生的学问有了很大的进步，他前两场考得很满意。可是到第三场，他的手又软了，脑筋又乱了，无论怎样压榨自己，也榨不出一点儿浆液来。第三场考试一开始，他的才思立即退潮，使他成为一艘搁了浅的船。他知道这一次又失败了。他真恨，恨自己不能像别人那样请一个枪手来接力。

落第回家，自己觉得一张脸没处放，不敢抬眼面对大门口看家护院的，不敢看父母，不敢进自己的卧房，像逃命似的钻进书房，关上门又呜呜地哭起来，任由母亲和妻子隔着窗子劝，任由邻居围起来聚在一起隔着墙听，任由老进士派了书童三番两次来催唤,他一概都不理,他只是哭。如果你了解华北那些老式瓦房的构造,你会知道在那样的房子里号啕痛哭是一件颇不寻常的事情,屋顶的木料和瓦片,墙壁的窗棂和窗纸,对洪亮的声音产生共鸣,音响铿铿然,悠悠然,成为一种"奇闻"。

跟上次一样,二先生的悲愤没有维持多久,就转变成刻苦用功的行动。他跟妻子不同房,跟邻居不通庆吊,甚至不肯理发,忘了洗澡,只是不停地读。他是一天比一天瘦了,但是读书的声音一天比一天动人,读到痛快淋漓的地方忍不住要哭,几声痛哭之后,又马上恢复了读。这种读了又哭、哭了又读的声音,一度闹得全家不安,时间久了,大家也慢慢习以为常。就连二奶奶,想起这种苦读的故事历史上多得是,也就慢慢不像从前那样担心了。

三年之后再上考场,二先生的模样瘦削苍白,好像生了一场大病,但是他的决心一点儿也没动摇。这次他非考中进士不可,这可能是他最后一次考试,因为人人都说这次考试举行之后,科举制度要废除了,有一千多年历史的抡才荣衔要消失了,"进士"将要成为历史名词,正因为如此,这个头衔才更珍贵,他参加这场最后的竞赛更是志在必得。无论如何,他需要一个枪手。为了这个枪手,他在老进士床前跪到第二天早晨,马车在大门口等他出发,老进士还是没有答应。

于是他也就仍然没有考取。于是回到家中他仍然低着头钻进书房里。

这次他没有哭,听起来书房里很平静,家人认为他想通了,认命了。

第二天,送饭的老妈子从窗棂望见二先生挂在屋梁下面,他吊死了……

二先生虽然死了,他无穷的遗恨好像留在屋子里,没有随着他的尸体一起埋葬。夜深人静的时候,书房里常常传出他的哭声。二奶奶亲自听见过,老太太也听见过,据说连老进士自己有一次站在院子里的梧桐树下,也迎着西风听了很久。不久,老进士去世了,然后老太太也去世了,接连办了三次丧事,家里又添了一座鬼屋,进士第的光彩是大不如前了。尤其是眼前的这一场战争,把进士第的一大部分房屋完全烧毁,三先生再也没有力量重建,从前威严整齐的进士第现在一片荒凉。尽管这样,由于博学的三先生支撑门户,他拥有的这片瓦砾,仍然被认为是读书人的圣地,像老进士在世的时候一样,这儿是正统学问的仓库和转运站。所以父亲安排我到三先生那儿去住一两年,早晨晚上听听他的教导。

进士第的时代的确是过去了,当年神圣的大门,现在用砖块封堵起来。砖块大小不一,凹凸不平,样子拙劣而丑陋。大门封闭以后,出入一律从边门经过,这一道门当初本来是给看家护院、打工值夜、洗衣买菜的人准备的,二奶奶和三先生这两房人家现在住的房子,也都是从前下人住的。我的卧房兼书房,本来是打更守夜的人休息的地方,跟当年二先生的书房遥遥相对。书房已经烧毁了,院子里的那棵梧桐树还在,树干很高,叶子肥大,显出它是所有的树里面最大方清洁的一种。由书房望去,从前的深宅大院一律失去了门窗和屋顶,剩下四面墙,围墙的框子装着灰烬瓦砾,就好像是一座一座刚刚使用过的大烤箱。尽管经过这样的摧残,剩下的墙也跟一般残垣败壁大不相同,它们有光滑的表面,整齐的棱角,使人可以想象到它在完整的时候是多么美丽,当初建造它们的人是费了多少心血,要为子孙留下几百年的基业。现在我来得太晚了,这里已经没有四壁琳琅的名人字画,没有散发着檀香气味的珍本古书,没有比一块金子还要贵重的印章,没有比一栋房子还要贵重的石砚,更没有老进士当年亲手抄写尚未出版的著作。我来的时候,这一切都化成了灰烬,只有书房前面的这棵梧桐树还带着全盛时代的光泽,象征一股艰苦支撑的生命力。

经过这样巨大的变化之后,三先生不再是一位儒雅潇洒的绅士,他每天要应付土匪的警告、汉奸的勒索和自己家庭生计的困难。他经常紧张地喘着气,就好像一个苦力刚刚做完苦工一样。但是他只要有一个钟头的时间坐下来,捧着他的水烟袋,跟我讨论唐诗或者《说文》,他又恢复了这个时代所没有的从容,他的眼睛和声调里面,根本没有时代的苦难,他家藏的典籍文物好像根本没有焚烧,那些东西本来就存在他的心里,是战火所不能摧毁的。就是他在谈杜甫的"三吏三别",也好像玩赏古代的一件铜器,上面生满了美丽的锈,价值连城,但是跟现实没有丝毫的关联。除了他手里捧着的水烟袋,他没有一点人间的烟火气。可惜这样的良辰美景究竟不多,多半的情形是他正在谈得起劲的时候,账房先生跑过来弯下腰在他耳朵旁边低声说了几句什么,他立刻离座起身匆匆忙忙地走了。

我来到这里,除了希望听到三先生的教导,还希望听到二先生的哭声,那个流传一时的怪谈给我很大的诱惑。有时候我走进那个从前叫做书房的大烤箱中,践踏碎瓦,看墙上烟熏火燎的痕迹,想想一个读书人的灵魂如何被时代套上枷锁。对一个人而言,读书是如此重要,又如此可怕,古往今来,不知有多少读书人在他自己的书房里哭过,然后把自己吊死,只不过他们的哭没有声音也没有眼泪,他们并不需要一根真正的绳。我如果能够听到这种哭声,在我的读书生活中当然是一项重要的纪念,但是这恐怕不可能,据说自从那染红了西天的烈火把大半个进士第烧成废墟以后,那神秘的哭声再也没有出现过,好像它也经不起战火的煎熬退藏到九泉之下,就像我们在逃难的时候,战战兢兢地躲在芦苇里面,把自己的家让给枪声炮声连天的杀声。即使芦苇外面已经沉寂下来,我们这些躲在里面的人还是不敢听自己的呼吸。

我发现,除了我以外,还有一个人希望听到鬼哭,她是二奶奶。一天,夕阳照在我对面的大烤箱上,颇有几分古意,我忍不住丢下书本,从那个从前叫做门的黑窟窿里钻进去。这时候,通过另一个黑窟窿,从前叫做窗子的,出现了她。

"你来这里做什么?"

我涨红了脸答不出来。

"你是不是听见了什么动静?比方说,半夜有什么声音吵醒了你?"她问得很委婉。

我突然有了勇气,对她说:"还没有,我很希望有一天能够听到。"

"那是为什么?"

"因为我听到了那个传说。它深深感动了我,每一个读书人听到了这个故事都会受到感动。"

"这不是一个传说,也不是一个故事。不过他的声音已经好久没有出现了,这样下去,再过一些日子,它就真的要变成故事和传说了。我住在后面,离这儿很远,耳朵也越来越不灵光,即使有什么声音也很难听到。你睡的地方离这儿很近,如果你听到什么声音,马上跑到后面去告诉我,好不好?"

她的神气使我没有办法拒绝。不过我说:"我有没有那样的好运气,一点儿也没有把握。"

"你是一个小孩子,小孩子常常能看到成年人看不到的景象,也常常能听到成年人听不到的声音。好孩子,记住,要马上告诉我。"

她转身离去,走路的姿态两腿僵直,两臂前伸,每一步都走得很慢。这是老年人走路的姿势,她的确是老了,银灰色的头发已经很稀。

夏天过去了,整个夏天没有什么可以告诉她的。秋天来了,天气凉爽起来,比起夏天好像卸下了一身的重担,轻得想飞。这是读书的好天气,更是读诗的好天气,肉身飞不起来,让诗带着我们的思想飞。我抽出一本唐诗,随手翻开一页,照着三先生教给我的腔调,朗诵自己最喜欢的一段:

自言本是京城女,家在虾蟆陵下住。
十三学得琵琶成,名属教坊第一部。
曲罢曾教善才伏,妆成每被秋娘妒。
五陵年少争缠头,一曲红绡不知数。
钿头云篦击节碎,血色罗裙翻酒污。
今年欢笑复明年,秋月春风等闲度。
弟走从军阿姨死,暮去朝来颜色故。
门前冷落车马稀,老大嫁作商人妇。
商人重利轻别离,前月浮梁买茶去。
去来江口守空船,绕船月明江水寒。
夜深忽梦少年事,梦啼妆泪红阑干。

闭上眼睛咀嚼诗意,听见院子里面"咔嚓"一声,梧桐树掉了一片叶子,叶柄离枝的时候发出清脆的响声。然后"啪嗒"一声,是那片黑沉沉的树叶在秋风中飘荡了一会儿,重重地扑在地上。紧跟在落叶的后面响起了另一种声音,这不是秋虫的叫声,不是风声,这是一个人的呻吟,一个男人,一个忍受痛苦的男人实在忍不住了才会发出这样的声音来。

谁呢?这会是谁呢?

再仔细听,那声音还在继续。那并不是呻吟,而是一个人想哭,但是又坚决不让自己哭出来。他残酷地约束自己,就像是熔炉约束火红的铁浆。可是那铁浆的高温反而把锅炉穿透了,融化了。在理智溃散以后,喷出了一阵呵呵的狂叫,那真的是一个男人的号啕,我在老一辈的葬礼上,曾经听见过这种哭声,哭的人张开大口,全身发抖,连续不断地呵呵着,如果来不及换气,随时可以吞声昏过去。

我赶快吹灭了灯,正襟危坐。

一声过去,又是一声,从窗外对面业已被烧毁的书房发出来,传到墙外,惊醒了那棵老柳树上的乌鸦,哇啦哇啦地在进士第上空盘旋。那在废墟上的灵魂连忙收敛些,压低声音,变成一阵低沉的呜呜,就好像狂风吹过高山上的洞穴,里面夹杂着伤风一样的鼻息,那声音里面有多少委屈,多少心酸,就连我这世故不深的年轻人也为之酸鼻,恨不得替他痛哭一场。

想听的声音到底听见了。我跑出房门,去通知二奶奶,却望见三先生踏着苍白的月色穿过后院向我走来,一面问:"什么声音?是什么声音?"

值更的拿着枪走过来,二奶奶也出来了,在秋风里摇摇摆摆几乎跌倒。三先生赶快伸手搀住。老妈子随后赶上,一只手搀住了二奶奶,一只手还在扣纽扣。

我说我听见了某种哭声。三先生拉长了脸:"孩子,你是做梦吧?"

我替自己分辩,我说我确实听到了哭声。

值更的要我把自己的经验仔细说一遍,我一面说,他一面挑剔,指出他认为荒唐或矛盾的地方,激得我几乎要跳起来。最后是二奶奶替我解围,她对三先生说:

"三弟啊,刚才我几乎跌倒,你赶快伸过手来扶我,是不是?"

三先生点点头。

"其实,在你的手伸过来还没有扶我以前,我已经突然得到一股支持的力量,就像有一只无形的手把我搀住。那很像是你哥哥的手,不是你的手。"她的话征服了每一个人,大家肃然无声。

她继续说:

"看样子,虽然经过这一场战乱,你哥哥还是留在这座破房子里,没有离开我们。我相信这孩子的话是真的,他既没有做梦,也没有说谎。"

说完,她穿过院子,朝书房走,老妈子搀着她,其余的人在两旁跟着。

她一面走一面说:

"你哥哥留在家里,我比较放心。自从逃难回来一直到现在,没有听见他的声音,真担心他不知流落到哪里变成了孤魂野鬼。现在好了,你们去拿香拿纸来,今夜里先给他烧一烧,明天再做一场法事,送他回祖宗的墓园。"

二奶奶是进士第里年龄和辈分最长的人,她的话有相当的权威。香案马上在梧桐树下摆好了,她亲手烧纸,喃喃祝告,然后跪下。我们,包括三先生在内,在她身后跟着跪下。

祭告完了,二奶奶回房休息,值更的去巡逻守夜,剩下我跟三先生两个人。

"你再把刚才的情形说一遍,越详细越好。"三先生对我说。

我从朗诵那首诗说起。

他冷静地、仔细地听完了我的叙述,严肃地问:

"你是朗诵了白居易的《琵琶行》?"

我说,千真万确。

他点点头:"我二哥生前最喜欢这首诗,常常在书房里高声朗诵,念到'夜深忽梦少年事,梦啼妆泪红阑干',有时候会痛哭出声。"

我愉快得要命。他到底相信我了。他找到了证据。那夜,他整夜不眠,在梧桐树下走来走去,走到我入梦,再醒。他一定想了很多事,想怎样来安慰他的哥哥,想一个人受尽学问的虐待还必须服从,想进士第的劫后余烬里可有一枚凤凰蛋,想梧桐叶落尽后怎样再生。他一定想到这些,一定想得更多,一定转了许多永难猜度的念头,发了比海还深的感慨。

一星期后,树下来了一群工人,动手修盖书房。三先生说,他要一栋房子做学屋,教本族的子弟读书。尽管科举废除了,孔孟之道是永存的。进士作古了,二先生也作古了,真正有学问的人离开了人间(他自己这么说),可是他,这个后死者,手里还握着一把种子,撒下去,老天会让它长出来。这是一次艰难的决定,因为进士第已无余财,他办的学屋又一定是免费的……

我是把书桌搬进学屋的第一个学生。我们都很用功。三先生常常说:"你们的命苦,……你们来得太晚了。"他的意思是说,真正的良师已不在世。我们仍然很用功,我们失学太久,太饥渴,也都熟知二先生的传奇,觉得屋梁上有一个感伤的灵魂目不转睛地望着下面。我们怕他,同情他,唯恐自己像他。每一个学生都在父母面前受到严厉的告诫:科举并没有真正废除,社会上有各种名称的新科举,也就是说,种种的挑战和考验,等着你我拼命。它也值得我们去拼命,否则,人生将没有意义,我们想在梁下吊死,却没有这样高大幽静的房子。

  我也是第一个搬出这学屋的人。直到我离开家乡,到大后方求学,谁也没有再听见鬼哭。也许二先生已经回到墓园安息,也许他从下一代找到慰藉。后来,这座空屋曾经传出哭声一事,就真的变成了传说,变成了故事。

(选自《碎琉璃》)

第三辑

杂文选

《骆驼祥子》后事

老舍的《骆驼祥子》,写祥子见太太病危,半夜敲开了医生的大门,医生见他穷苦的样子不能预付诊费,又把大门紧紧地关上。就在这一夜,祥子的太太死亡。

这段情节的立意很明显,医生唯利是图,见死不救,封建社会中的穷人活不下去。但问题实在并非这样简单。

五十年代台湾某大医院规定病人住院必须先缴一笔保证金,否则拒收,一再发生病人躺在急诊处的走廊上辗转哀号以及突然死亡情事。我去拜访该院的医生,问他为什么不能先救人再说,他说出其中原委。

以前某大医院并未严格执行"先缴费,后住院"的规定。不幸有许多病人出院以后不再清理欠款,这些人固然有罗掘俱穷的赤贫,但是得命思财节流为上的小康人家也许更多。于是某大医院在研究如何减少亏损的时候断然说,我们医院不是救济院,严格规定要凭保证金收据办理入院手续,如果医生对手续不全的病人加以治疗,所有费用由该医生负责赔偿。

被访问者告诉我,现代医疗设备昂贵,动一动仪器、睡一睡病床都得大把银子,不像中医只开一张药方就可以施医。而且医生的经验与一般人不同,一般人极难遇见一个奄奄待毙的人,一旦遇见了,同情心、责任感都膨胀到最高点,奋不顾身救人第一,医生在医院里每天都要面对好几个乃至几十个病人,他所做的决定当然不同,否则他早已破产或失业了。

很显然,《骆驼祥子》只写出事实的一面。那中医深知"善门难开",也许他在拒绝祥子以前,外面已积欠了他成百成千的诊费;也许他在答应祥子以后,祥子所欠的诊费就成了一笔死账,即使他筹措得出来。人性都有弱点。至于说,身为医生应该效法史怀哲或白求恩,不但放弃金钱报酬,还要有更多的奉献,那又对一名郊区中医要求过高,对祥子一伙宽容已甚,有欠公平。

那么,祥子的医药费到底怎么办?这个问题在现代化国家已经解决,在祥子时代,病人医生都束手无策,只有互相憎恨。我们当然同情祥子,但并非必然要憎恨医生,医生也有邀人同情之处,既似围棋的"双活",又似逻辑上的"两难"。作品到此始能增进人与人之间的了解:使祥子了解医生,医生了解祥子,局外人了解他们二者。

笔者舞文弄墨,雕虫画虎,如果有人溢美举善,也可以指出某些成绩,倘若审查从严,可以发现我(们)写抗战未能使读者了解日本人,写"戡乱"未能使读者了解共产党人,退而写台湾,晚来一步的人未能帮助大家了解早来一步的人,反过来也是一样。我(们)多从一利害、一是非、一角度、一重心,以及一时得失建构一元的人生。大陆彼岸的前辈同侪在这方面也是宁过之无不及。当年泰戈尔访华,中国学生向他游行示威,标语口号林林总总,新闻记者问泰戈尔有何感想,泰戈尔很幽默地说一句:"他们决心误会我。"当代不知有多少作品实由"决心误会"形成。

希望文学作品能增进人与人之间的了解,并非主张以文学为工具;恰恰相反,工具化了的作品并无多大影响力。依我(们)的愿望,作者设身处地,全知全能如神,同体大悲如佛,有情而无私如天地,通过形式美,其作品既丰富又集中,既永恒又普及,作品始有我(们)想象的效果,莫之至而至,无为而为。也唯有在这样的境界中,作家铁肩、辣手、放胆、正心，始有产生伟大作品的可能。俱往矣，我(们)已在畏首畏尾中尽失时机，只有期望"江山代有才人"。

　　回顾前尘往事，我怀疑那一代文学"增加了解"处较少，"增加隔阂"者较多，其功能似乎有逊于红十字会。我了解一个社会必须对外保持警戒，那该由别的方面去做，文学另有不朽之业。我承认如我所馨香祷祝的文学没有杀伤力——上好的文学都不杀生，坏的文学想杀也杀不了。所以我祝祷所有掌权行令的人看清真正的文学不足为害。

（选自《活到老真好》）

摔

当年罗斯福做美国总统,到一家饭店去演说。事毕,罗斯福出店登车,安全人员希望总统不要受到门外行人的注意,就站在门口仰首望天,那经过此处的人见了,也纷纷用目光搜索天空,其实天空连白云也没有。罗斯福趁此机会走进座车,竟没有被那些人发现。

一位朋友在纽约市和台北市各做一次重复试验。他们一家站在闹区某大公司门外看酸了脖子,没有一个人停下来问他们发生了什么事,唯一的反应是有人带着他的孩子走过,吩咐"让开"! 他亦庄亦谐地说,住在台北的人不必再师罗斯福的故智,这个老法子今已失灵。

我那好求甚解的朋友所以多此一举,并非替大人物献策开道,他是受到张晓风教授一篇文章的启发。晓风女士在她的散文里说,某某古刹有一件世代相传的镇庙之宝,通体用琉璃做成,既怕失窃,又怕损毁,该寺当家的方丈时时牵肠挂肚,唯恐万一。有一天方丈忽然想通了,把那宝器捧在手中用力朝地上一摔。不用说,宝器立刻变成碎片,再变成垃圾,而方丈从此无沾无碍,此心光明洁净,成了有道的高僧。

这个故事爽脆可口,虽在这蛮夷之邦,也茶余酒后屡被提起。大家都觉得该"摔"的东西太多,这"掷地有声"实在不亦快哉。我说过,我曾参观过一座僧众逾百的大庙,适逢他们举行消防演习,眼见训练有素,指挥有方,泥里水里那股赴汤蹈火的干劲使我想起陆战队。我说我也曾稍稍涉猎佛书,某些高僧对怎样训练一个徒弟,怎样管理一群僧人,倒也颇有操纵擒拿,与世俗所谓统驭之术息息相通,这三学三宝之事岂是一摔了得?朋友说,"你若把这番话写成文章,我保证没人爱看。"

朋友说,他做的实验表示"今人"摔掉了"古人"身上的一些东西,那些东西曾经被人评价甚高,例如对别人的关心之类。懂得方法学的人也许对这个结论嗤之以鼻,但这是谈生活经验,不是谈学术研究,"实验"在这里只是一个"楔子"。生活经验常被后来的学术研究加以证实,所以游谈无根亦不伤大雅。

到底是哪些题材、哪些情节,前人爱看、今人不爱看了?倘若罗列对照,察其所以,岂不是很好的论文?步兵在战场上搜索前进,一个小兵(身材瘦小也)踩着了地雷,只要他一举步,地雷立刻爆炸,他只有牢牢地站定,等全队人马安全地隐蔽起来,他再粉身碎骨。这情节,在美国片和中国片里都出现过,那小兵身上背负的不只是背包,而无分中美,对他所背的东西(无形的东西)都有兴趣。可是如今,我想已不足以"脍炙人口"。

穷则变,变则"摔",新的设计是,小兵一脚踩住了地雷,同队的人都疏散了,独有他的班长蹲下来叫他不要慌张。班长抽出刺刀来轻轻地伸进小兵的脚底下,重重地向下压,压住地雷的弹簧帽,先让小兵脱身。直升机缓缓吊来一箱炮弹,班长用炮弹箱压住地雷的弹簧帽。最后一个步骤是,炮弹箱连着一根长长的绳子,班长跑到远处伏在地上拉那根绳子,炮弹箱滑动,地雷爆炸,这时地雷威力所及之处空无一人,谁也不必壮烈牺牲。好极了!

话到此处,不能不提鹿桥的长篇小说《未央歌》,这本书写抗战时期的流亡学生而毫不沾惹时代忧患,男女学生略如年画中人,论者嗟嗟称奇。著者说他要把书中的人物与时代用风快的刀"一刀切开",这一刀,就是"摔"。长沙大火、中原大水,摔了吧。南京大屠杀、重庆大隧道,摔了吧。不能归田的兵、不能兑现的公债,摔了吧。不摔,读者的精神压力太大,不堪负荷。忠臣义士无非血肉模糊一团,叫人怎么受得了,怎么受得了!所以这本书越来越畅销,为抗战文学立一别裁,为"摔"的文学建一典范。胡兰成的《今生今世》写流亡学生唱歌比说话多,宛然落花流水,可是他失败了。他居心为汪精卫开脱,想让读者换一个更重的包袱,岂不枉费心机?

片羽沉舟,一根草压死骆驼。今天国人的精神超载,像飞机的机件出了问题,一件一件往下抛行李。啼血的杜宇将在文学中绝种,填海的精卫将在文学中退休。纪刚写《滚滚辽河》,为抗日英雄立传,他很感慨地说,我不是为人在茶余酒后提供谈话资料!我怕,我担忧,将来史学中的英雄自有立足之地,文学中的英雄只有栖身于渔樵闲话了。

(选自《活到老真好》)

家——由子宫到天堂

"在亚当的时代,天堂是家;在我们的时代,家是天堂。"

人的第一个"家"是母腹,宗教家说人的前世经验可以带到今生,教育家说人在母腹里的经验支配长大后的行为,人在这个"大后方"接受最初的装备。

人在母腹里的姿势最舒适,环境最安全,全身被打击的面积最小,重要的器官都保护起来。这是痛苦时我们采取的姿势,睡眠时我们采取的姿势,罗丹雕刻的"沉思者"也近乎这个姿势。

人类的第一个"家"是女性建立的。

然后我们需要第二个家,于是有父母的爱和勇气包围在我们四周,他们的胸脯最温暖,臂膀里最安全。家是母腹放大,家是天堂的派出所,所以说"上帝不能亲自照顾每一个人,所以创造了母亲"。或者可以加添几个字,他也创造了父亲,父母各自代表上帝的这一面和另一面。

照小篆的写法,"家"字屋顶下面还有墙,像舞台拆去"第四面墙"那样,露出里面的"豕",于是巴金借小说人物之口说,"家"是屋顶下面一窝猪!这句话很锋利,成为名言,影响极大,基督教会颇受压力,只得为"天家"另造一字,宝盖下面一个"佳"字。巴金鼓吹革命,煽动青年走出家庭,参加无产阶级大家庭,大破大立,六亲不认。学者认为"豕"字代表家畜,代表居有定所,代表由畜牧进入农业。女子饲养家畜,代表这时有了婚姻制度。这第二个家也靠女性建立。

今天户籍上的"家"指结婚生子,否则只算"共同生活户",一门出入。我们说家家户户,两者大同而小异。这个生儿养女的家也是女性建立起来,婴儿的哭声是沙漠驼铃,丢在客厅地毯上的玩具是人类的新石器时代,儿女是自己的回顾,青春期、反抗期,都有你已丧失的优点,也重复你犯过的错误。儿女是祖先再生,高祖子孙尽龙准,祖父曾祖父的腔调身段都可复制,贾母是老祖宗,宝玉是"小祖宗",如此这般也许可以解释中国人人为何偏爱亲生。

房屋公司的销售标语说:"家是人生最大的投资",标语旁边画着一栋房子。这句话和巴金相反,但同样出自广告天才之手。"男子生而愿为之有室,女子生而愿为之有家",有人说中国人喜欢造墙,真的吗?怎么欧洲也有城堡,印第安人也有wall st,美国也用小洋房代表"美国梦"。阿姆斯特朗在月球上说"回家真好"。他们不是爱墙,他们爱那子宫的样式。

最后,我们会有第四个家,宇宙,蛋白包着蛋黄,子宫的样式,天家。"必有童女,怀孕生子",道成肉身,完成人的救赎,这第四个家也是女性建立的。依宗教家的说法,我们都是旅行的人,人生如寄,古人有"寄寄园",庭园暂时寄放在我的名下,"我"又暂时被寄放在世上。终有一天乘风归去,琼楼玉宇,别是一番温暖。

"回家真好",回到第四个家更好,我们的家又是天堂,亚当失去的,我们又得到了。人必须四个家都有,这一代中国人的悲剧是国太多,家太少。天国,天堂,天家,国太严重,堂太空洞,最好是天家。

余波荡漾……

苏北坡:"在亚当的时代,天堂是家;在我们的时代,家是天堂。"好句子！何以没注明是谁说的？

十二姨:很多格言都失掉出处,"失败是成功之母"是谁说的？

杨扬洋洋:水果摘下来,忘了是哪棵树,也不想知道种树的人,这是人性忘恩的证明。

十二姨:人性忘恩？这样说太严重了吧？

宁为女人:什么年代了？还把女人定位在生儿养女？

十二姨:这篇文章的主题是"家",用小品体裁,总不能把花木兰、居里夫人、南丁格尔、德蕾莎修女都写进去吧？

苏北坡:我也来咬文嚼字,"宁为女人",这个"宁"字透露了多少不得已不甘心,哈哈！得罪了！

江上风:我读这篇文章,想起"君子之道,造端乎夫妇,及其至也,察乎天地"。写得好！

十二姨:不要被意识形态遮盖了文学趣味。

(选自《桃花流水杳然去》)

鸳鸯绣就凭君看

也许,自从有了电脑,少年人就不写日记了。也许,再往上推,自从有了音响设备和彩色电视机,少年人就不写日记了……可是,再往上推,他只有一支心爱的自来水笔,那时代的少年人几乎都写日记。

唉,少年人嘛,也希望有点儿独自拥有、别人不得分享的东西,压在箱底热烘烘的,放在心上沉甸甸的,看在眼里甜蜜蜜的,那年代,那就是日记了!就是日记了!

在《昨天的云》那个年代,我开始写日记,不久中断了。后来,在《怒目少年》的年代,我继续写日记,不久又停止了。那时,总有人喜欢偷看别人的日记,那是他的癖好,或者是他的职业。其实,让人家看看又有什么关系?那时候我不能忍受这种侵犯,我把日记本烧了,把写日记的笔扔了,现在想想这实在是幼稚的回应、愚拙的抗议,可是,那时候,我不知道除此以外还能如何。

一九四五年八月抗战胜利,我又动了写日记的心念,一则驾驭文字的能力有进步,技痒;二则每个人的处境都像一出一出刚刚开锣的大戏,好奇;三则……我想,我学之乎者也、的呢啊吗是干什么的呢?

我念书识字是为了写日记,可是另外有人念书识字是为了偷看别人的日记。大概是世上产生一个写日记的人,也同时产生一个偷看日记的人,两者形影不离。听说有一种日记本硬面精装,封口上锁,像个盒子,令人神往。但我绝无因缘使用那样的"奇技淫巧",即使幸而拥有,别人更非看不可,慢藏固然诲盗,密藏岂不亦然?

就在左思右想的时候,我看到一句话,西洋的一位批评家说,诗是"无心被人听到的",散文是"有意让人听到的"。我茅塞顿开,日记为何要怕人看到?为什么不"有意让人看到"?用散文的心态写日记有何不可?我的意思并非主张虚矫粉饰,而是面对知音,落落大方。既然散文"有意让人听到",戏剧,那就是千方百计招引一群人来听吧?我只要散文就够了。

那时我读到一位理学家的小传,他每天晚上写日记,把一天的行为都记下来。平日做事,他必定先问自己这件事情能不能写在日记里,如果需要隐瞒,他一定不做,也就是,他生平行事都合乎圣贤古训,不怕日后公开。这么说,他的日记有意让人家"听见"。我想,郁达夫的日记,曾国藩的日记,乃至蒋委员长的日记,都是有意让人家"听见"的吧?《狂人日记》《莎菲女士的日记》,则是千方百计招引一群人来"听"的吧?

说来真是老天爷帮忙,当我想再写日记的时候,我们由西南的天涯,前往东北的海角,对一个需要写作资料的人,这好比突然中了百万大奖。这次远征是终身大事,后面有大背景,大历史,我会在这册回忆录里记述一切,如今只说日记。

还有人偷看我的日记吗?当然有,我不知道他是谁,他在哪里,但他显示了存在的迹象。我用极少的糨糊,把日记两页轻轻黏住,有一天,发现这两页分开了,这就表示有人翻过了。多年后,我到台北,某诗人说他把一部诗稿寄给某某奖金委员会,该会未加审阅,即予退回,他找到承办业务人员大闹一场。我问他何以知道作业内幕,他说很简单,"我在中间几页用了糨糊"。

有时候,我把日记打开,内页中央撒一点土,再合上,平放在抽屉里,第二天一看,那一小撮土滑落到靠近装订线的夹缝地带去了,你想除了阅读,还会有别的原因吗?

我也曾经从报上剪一条新闻夹在日记里,我能想象,偷看的人立刻睁亮了眼睛,如果日记的内容和剪报有关联,如果剪报是日记的一部分,他就发现了新大陆。等到他废然把剪报放回去,不觉泄漏了行藏,他不知道当初我用米达尺量过,这张剪报离"天"有多远,离"地"有多高,他不可能恰如其分放回原处。

我只要知道,除了我自己以外,这本日记还有没有读者。我不再浊气上冲,仍然心平气和地写下去,好像什么情况也没有发生。有时候,我对冥冥之中如在左右的某人有亲切之感,游子孤蓬,只有他对我如此关心,倘若一连多日不见他留下指纹脚印,反而有些想念。

我知道"他"一定不能从我的日记里找到有用的东西,可是还有许多事我不知道。那时,上司一度打算把我调到比较重要的部门去,此议终于打消,因为"他喜欢写日记"。原来"写日记"这个行为的本身足以受人猜防,写什么姑置勿论。一套观人术代代相传,改变不大。在台湾,我曾劝一位青年才俊"戒绝文章",他听而不从,历次人才大登殿都没有他出场,总是文章误了他。

我也是利用夜晚的时间写日记,未必每天都写,写起来"有话则长",上床还在脑子里起承转合。这就发生了奇怪的事情。

我做梦,梦中还在写日记,不是写当天的日记,是写明天后天的日记,不是写已经发生的事情,是写尚未发生的事情,在梦中那些事情一笔一画清清楚楚,醒来完全忘记,留下惘然若失,留下心烦虑乱,留下心惊肉跳,或是留下心灰意懒。照醒时的感觉判断,梦中的记事大概也不是平安喜乐。

急忙起身去察看日记簿,唯恐上面还有昨夜留下的笔墨,如果有,必须立即销毁,绝对不能让人家看见我的未来!还好,日记写到昨晚睡前最后一行,戛然而止,并无赘余,白纸光洁如洗。可是我觉得在我打开日记本的时候,白纸上有一大堆文字推挤流泻,飞快地从我眼底消失。它们到哪里去了?何处能容它们如海深藏?在外面抛头露面,岂不随时可能被人发现?人生在世唯一的保障,即在于谁也不知道未来,不知道别人的未来和自己的未来,相面算命不过是引起对未来的悬念而已,否则铁算神相都有杀身之祸。这些感觉也许只有几秒钟,却会困扰我好几年。

一九四六年秋天,国共战争如火燎原,故乡解放,家人成为难民。我忽然想起来,这不是我在梦中写日记写过的情况吗?一点也不错,这是我必须双手承接的未来。

为了接济家人,我抄录日记,修改日记,重新组织日记，一篇一篇寄到报社去卖钱，反正本来就是"有意让人家听见"，现在就故意让人人去听好了！五十年代台湾，我们说写诗可以喝咖啡，写散文可以吃客饭，已是小康景象。我未到台湾之前的投稿经验是，写诗可以喝井水(夏天乡下大路旁边有人卖凉水)，写散文可以吃花生米(小贩把花生米一粒一粒数着卖给儿童)。尽管如此，一文钱仍是一文钱，我写日记总算有了善报。

从"出卖日记"那天起，我写日记的习惯又中断了，至今没有恢复。听说有人持之以恒，终身不辍，我很钦佩，不能仿效。现在发愤写卷帙浩繁的回忆录，也许是想弥补这个缺憾吧？然而，已是"不能两次插足在同一河水之中"了。

选自《葡萄熟了》

警告逃妻

五十年代,台湾报纸的分类小广告偶有妙文,例如"警告逃妻"。太太不辞而别,跑了,她自己跑了,还是跟另外一个男人跑了?她空着手跑了,还是卷起家中的细软跑了?小广告方寸之地,下面的几句话很重要,看出做丈夫的性格修养:"火速归来,财物原封携回,否则追到天涯海角也不饶你。"这是一种丈夫。"限本月底以前回来办法律手续,免受法律制裁。"这是一种丈夫。"你也辛苦了,在外面散散心吧,什么时候想回来什么时候回来,孩子需要你。"也有这样的丈夫。

有一天,我看见有人用分类小广告"警告逃夫",丈夫跑了,这就更引人入胜了。想当年结婚不自由,婚后痛苦,离婚也不自由,男人无德,社会不公平,通常女子是受害最大的一方,忍无可忍只有离家出走。可是天下事一句话说不完,女子也有强人,也有极难相处的个性,她也有足够的能力给男人布置一个小地狱,这就轮到做丈夫的考虑去留了。"警告逃夫"的广告词大概是:你若不赶快回家,我与你断绝一切关系!千篇一律,没啥看头,只有标题四个字千古流芳。

到了五十年代之末,报纸的分类广告增添新客,征婚广告越来越多。这时候还只见男子征婚,又过了若干年,才出现姐姐替妹妹征婚,再过若干年,开始有女孩子自己出面征婚,一路看下来,可以看出婚姻自主的意识涨潮。这些求偶的单身汉,广告词一本正经,唯恐吓跑了新娘:"身体健康,品行端正,有固定职业,无不良嗜好,先友后婚,共筑爱巢",云云。末句一定是来件寄某个地址请某太太转交,他有代理人,因为他住在单身宿舍里,不能保持私密。

倘若只是如此,这篇文章可以不必再写下去了,可是我的笔记本里有两条抄录,你没看见未免可惜。一个征婚的人自称:"十年寒窗,一技之长,有房有床,没爹没娘。"这四句话把小广告的效力放大了多少倍,许多女孩子觉得这人有趣,带几分危险,远距离看一看,像动物园看老虎,有一点担惊受怕,滋味也不错。有人批评,连没爹没娘都拿出来吹嘘号召,这人还有品格吗?可是别人的想法干吗要跟你一样?这孩子没爹没娘,现在想爹想娘了,结婚以后对岳父岳母一定孝顺,连独生女的单亲妈妈也动心。

另一条,《征婚启事》措辞中规中矩,只是中间夹带一句"妻况不明"。什么意思?别忘了我们在谈五十年代的台湾,这位征婚人是从中国大陆流亡入台,他在大陆上结过婚,逃亡时没能把太太带出来。"妻况不明",我不知道她是死了,还是嫁了,现在我想再结一次婚,你看行不行。那年代,男人征婚不容易成功,再加上自己招供有历史问题,还有什么希望?天下的事没法用一句话说完,自然有还想再结一次婚的女子对这个还想再结一次婚的男子发生兴趣。中国大陆天翻地覆,她知道,那人的妻子一定嫁了,不嫁,怎么活?一定死了,她愿意赌一把。万一那人的妻子既没嫁,也没死,劫后又重逢了呢?她相信自己一定能控制丈夫,控制事态发展,前妻不是她的对手,她愿意再赌一把。

那些小广告,那些小广告里的众生,我忘不了。

(选自《爱情意识流》)

日本电影与我

抗战爆发,中国禁止日本电影进口,只有日军占领的城市可以放映日片,那时我在抗战地区。后来我有机会到上海沈阳台北,那时抗战已经胜利,日本片随之绝迹。所以我不知道日本也有很好的电影,我以为他们拍不出什么好片子。

由战争状态回复到和平状态,这才有文化和商业的交流,日本电影这才可以进口。经过抗战,我对日本话,日本服装,日本歌曲,日式榻榻米(有人译为榻榻眠),都很厌恶,即使是日本书法,日本和服,日本浮士绘,我也一律没有好感,我一点也不想去看日本电影。无如这时我在广播电台制作影评节目,加入了影评人协会,凡是在台北公映的电影,我一定得看,这一看,看出一些曲折来。

已是五十年代中期了,我看到的第一部日本片叫《荒城之月》,剧情早已忘了,只记得明月之下,女主角在荒凉的城头唱这首主题曲,又长又慢的镜头从女主角身旁推过去、拉回来,从各个角度拍摄女主角的表情,镜头的节奏和音乐的节奏若合符节,真是温柔缠绵,令人回肠荡气。那时美国好莱坞的电影席卷第三世界,他们拍不出这种东方感情;香港的电影事业崛起,尚在为了票房制造感官刺激。那天晚上,我真觉得和日本人有那么一点"同文同种"的感觉。

然后我看到黑泽明导演的《罗生门》。剧情取材芥川龙之助的小说,大意是:旷野里发生命案,牵涉到一个强盗,一个武士,武士的妻子,目击者樵夫。电影集中在法院审理此案,涉案者一个一个陈述案情,每个人的说法都不一样。画面上看不见法官,也没有书记、法警、桌椅,每一个涉案者依日本习俗跪在地上迫切陈词,面对镜头直逼观众,背景是灰色的墙壁。如此安排可以说把观众当作法官了,我感受到很大的压力。这是一部黑白片,内景外景色调阴沉,仿佛一场梦寐,梦醒以后,你仍然关心里面每一个人,你我都不能判断真相,而真相仿佛是不重要的。我心目中的日本形象逐渐改观。

然后我看到《地狱门》，改编自菊池宽的小说，宫廷故事，彩色拍摄。主要的角色是两个武士、一个宫女，但剧情曲折。简单地说，甲武士苦恋宫女，但宫女终于嫁给乙武士，甲武士无法从情欲中解脱，胁迫宫女相从，宫女假意应允，共谋夤夜由甲武士杀死自己的丈夫，她却睡在丈夫的床上任由甲武士误杀。甲武士见自己铸成如此大错，十分痛苦，叫醒宫女的丈夫乙武士，要求死于乙武士剑下赎罪，但是乙武士不肯杀他，他只有遁入空门。这三个角色，在某种程度上好像是中国春秋战国时代的人物，我在凶恶的日本军人和邪恶的日本浪人之外，发现日本也有这样的人，有哀愁也有喜悦。

据台湾省新闻处公布的资料，一九四六年那一年，全台人口六百多万人，一九六一年，全台人口超过一千一百万人，几乎增加了一倍。这多出来的几百万人大部分从海峡对岸迁徙而来，大部分经过抗战，大部分像我一样憎恶日本。他们来到日本治理了、同化了五十年的台湾，看见台湾居民的衣食住行、音容笑貌都仿佛日本，因而不喜欢台湾人，彼此融合增加了困难。这些后之来者受日本电影熏陶，渐渐扩大了他们的包容心。意想不到的是，那些受过日本政府治理的人，在台湾去日本化十年之后，又从银幕上拾回失去的世界,因文化哈日而政治亲日,所谓本土外省之间的距离拉得更长。

(选自《小而美散文》)

中国爱情

爱情无所谓中外,那是人性。爱情表现的方式中外有时不同,那是文化。

诗人非马有咏《连理树》的短诗,甚隽永。连理树的故事始见于《搜神记》,大意说,战国时宋康王夺了韩凭的妻子,韩自杀,韩妻也自杀。康王大怒,禁止他们夫妻合葬,故意使两坟隔一段距离,彼此相望。并说,看你们两个坟墓能不能自动合并。结果:

> 宿昔之间,便有大梓木生于二冢之端,旬日而大盈抱,屈体相就,根交于下,枝错于上。

坟不能合,以树合,速度如卡通电影,精诚所至,使人震骇。《搜神记》没有记下康王反应,好像这个暴君只是为彰显爱情的不朽而设,事成,他便"出镜"了。

宋康王没有下令伐树,到此为止。韩凭夫妇的冤魂也没有化为厉鬼危及人世,以倔强,但是与人无害的方式表示了抗议,双方都很"中国"。甚至可以说,韩凭夫妇的幻化是"大地受了侮辱,却报之以鲜花",以连理树为自然界添一景观,境界超乎"你侬我侬"之上。我想这就是中国式的爱情观。

连理树使人联想到《梁祝》结尾时的两只蝴蝶。无限悲苦,升华为美,摆脱真痴,遗世御风,使人目送神移,悠然忘我。《梁祝》的情节比较复杂,可以驰骋想象发挥文才的地方比较多,所以这个故事"发育"得特别好,把"连理树"掩盖了。

就古典文学的题材考察,中国式爱情有一个特点,那是士子与妓女的恋爱。据说,世界上任何国家,在爱情的舞台上,妓女出场的次数都没有这样多。这是因为古代士子受礼教约束,没有和女子社交的机会,情爱的对象只有娼妓。而那时没有梅毒和艾滋,妓女又大都受过文化方面的调教。白居易在杭州做官,忆妓诗多于爱民诗,反被视为风雅。

古代士子的婚姻,大都没有经过恋爱的阶段。夫妇是"人伦",责任多于激情。像苏东坡、白居易那样有身份的人,也不可能在诗词中渲染和发妻的"狎昵"。再说,士大夫在夫妇之间是否真有痴男怨女销魂蚀骨的深情,大成疑问。胡适说中国人"先结婚后恋爱",恐怕只是外交辞令。如此这般,文人浪漫的一面,只有借着娼妓发挥出来。

娼妓卖身,没有自由,而士子游宦无定,也并不是非常有钱,他们的"恋爱",往往"多情自古空余恨",或"海棠应悔我来迟"。唐代诗人罗隐写过一《赠妓云英》:

> 钟陵醉别十余春,重见云英掌上身。
> 我未成名君未嫁,可能俱是不如人。

"掌上身"当然是用了赵飞燕"掌上舞"的典故。它有两层含义,一是体态之美,二是做"大腕"手中的玩物。我猜罗隐的用意偏重后者。"重见云英掌上身",十年后再见,你怎么仍是原来的身份?这才想到"我"也没有成名,也和原来一样。"可能俱是不如人"正话反说,没嫁掉,也没成名,都是由自身的优点造成,例如品位、气质等等。诗因此一句成为名篇。

中国式恋爱还有一个特殊区域,即人与狐的爱情。

狐,俗称狐狸,其实狐是狐,狸是狸。人狐之恋由来已古,集其大成、蔚为大观的是《聊斋志异》。

在《聊斋》里,狐常常化身美女,挑动男子,打破传统的被动形象,使爱情故事面目一新。狐有异能,常常化无为有、未卜先知,丰富了爱情故事的情节。更重要的是,狐是异类,不受"风化"裁判,反而可以充当"礼教"的反面教材,因此作者有更大的自由,可以触及"性"的领域。《聊斋》对性的描写超过《西厢记》而略逊《肉蒲团》,因文笔优美文字晦涩而为上流社会所容忍,是中国文学的异数。

据王善民先生研究,狐之出现,启动了中国人的性幻想,解放了礼教束缚已久的潜意识,所以《聊斋》风行而且不朽。《聊斋》决非仅仅文笔过人而已。

(选自《活到老真好》)

老实话

老实话并没有你我预料的那么好听,例如说,花是植物的生殖器。例如说,红叶是枫树到秋天生病了。例如说,不要借钱给朋友,它使你既失去金钱,又失去朋友。(莎士比亚)。例如说,男人最大的快乐是满足女人的自尊心,女人最大的快乐是伤害男人的自尊心。(萧伯纳)。乍听有人这样说,恐怕要皱起眉头,对那个说话的人有些看法。所以人生在世最忌实话实说。

可是世上有种专业必须说实话,它的雇主专程来听实话。说实话是文学作家的职志,实话是文学作品的亮点。这几天读董桥,收获颇多。董氏读书博,又深知什么是趣味,随手掇拾,不吝与人分享。他在《假如人生是一钵樱桃》一文中介绍 Clarence Darrow 的老实话:"我们的上半辈子让父母给毁了,下半辈子让我们的孩子给毁了。"这话在台湾、香港流行过,应是从董氏的专栏得来,但是都未注明出处。我早猜测说这句话的是外国人,换了中国人,他叙述的角度不同,他会想,我上半辈子对不起父母,下半辈子对不起子女。两种述说内容相同,只是换了角色立场。

董先生介绍的"实话"还有:文章不同,必须相信自己的好才写得下去。/我去巴黎不带荆妻,盖赴盛筵不自己携带香肠肉卷也。(丘吉尔)/你试一试用电脑光碟看书,读完《战争与和平》,你的眼睛恐怕非瞎不可。/强迫人家多吃会把人弄瘦,谁都不必吸取自己不需要的经验,他们不需要诗歌就让他们去吧。………引用都注明出处,有些还附带英文原文。

文学作品里为什么有这么多实话呢,我猜跟生存空间有关。世界如此拥挤,人的需要仍未完全满足,寻找空隙,制造空隙,成为生存的法则。别人没有,你有,你才可以独立成类,免于兼并。文学要成为独立的门类,作家乃有独立的身份,他的天才乃有发展的方向。当然单凭"爆料"不能成为作家,作品有所谓形式美,说来话长。

作家因说实话得到荣耀,也陷入困境。例如说,达官贵人喜欢与画家、音乐家做朋友,对文学作家只能远距离使用。例如说,作家不宜做官,因为做官的人要说另一种语言,政敌必能在作家的前言后语中找到矛盾,加以攻击。夫如是,这位作家的财产变成负债,如果写剧本小说,还可以用"角色不等于作者"来抵挡,写散文连这一点回旋之地也没有。政客在竞选时出口成章,当选后行不顾言,为何选民不找他算账?因为大家对政客的诚信期许很低,对作家则很高,这是不公平,也是对作家的尊敬。

有人问萧伯纳,他写喜剧如何使观众发笑?这位戏剧家说,他的方法是说实话。萧翁偷懒,随口应付,但是所言非虚,管中的一斑仍是豹身的一部分。下面这些话都有很好的笑果:未来取决于梦想,所以赶快睡觉去。/成功的男人背后有一个女人,失败的男人背后同时有两个女人。/有人说,我们到世界上来就是为了帮助别人,请问,别人来到这个世界上又是干什么的?/金钱并非一切,还有信用卡呢。/人应该喜欢动物,因为它很好吃。

这些话都出于萧伯纳之手,博人一笑,但并非一笑而已。现在我们看到的是孤立在纸上的裸体语文,演出的时候,配合剧情和人物表情,效果是丰富的。萧伯纳曾是非常叫座的戏剧家,他之所以成功,并非仅仅说实话,而是实话说出来人人爱听。

(选自《活到老真好》)

沧海几颗珠

五十年树人

世界卫生组织公布的年度报告中说,中国大陆一九九七年出生的婴儿,预期可以活到七十岁,在二〇二五年出生的婴儿,可以活到七十五岁,经二十八年之努力,中国人的寿命可以增加五岁。

在三十年代或四十年代,中国婴儿容易夭折,有一个无形的数据就是兄弟姊妹的排行。例如某个家庭有三个女孩,排行是大姊四姊和七妹,可以发现生得多,死得也多,中间有四个孩子没能养大。

子女有任何不幸,母亲承担的痛苦最大,我们刚刚过母亲节,此心还留在深层体会之中。将来孩子生得少,都能够存活,并且(世卫组织说)因为美食太多普遍发胖,一生寿命七十岁到七十五岁,在在表示中国的教育、医疗、营养、生产和环境卫生各方面飞快进步。这不仅是亿万母亲的幸福,也是海外华人的安慰。

如果世界卫生组织的预测准确无误(我们祈祷如此),世人对中国人的道德品质也将提高期许。近年来不管投资旅游探亲购物,出入中国的人动辄说"人心太坏了",而回应的言语总是:十几亿人吃饱最重要,或者说全世界的人都在变坏。

其实,人心不古,"全世界的人都在学坏",但是不能因为别人都坏,我们也得一起坏,甚或比他们更坏。"十几亿人吃饱最要紧",到了一定的时候,这句话就得改成"十几亿人学好最要紧"。树人无须百年,由一九九七年算起,五十年后,二十二岁到五十岁的年龄当令,可以说"换尽旧人",那时海外华人找不出理由再为他们辩护,他们也无须有人辩护了。

冒险精神

媒体迭次报道:美国青年喜爱冒险,因为冒险,正以

"惊人的速度死亡",具体数字是平均每年三万七千人。

这三万七千人之中,不知道华裔青年占了多少?猜想一定是很少的少数吧!中国文化对抑制年轻人的冒险冲动,曾经立下栏栅,做了保护的措施。

东方圣哲用非常感性的语言告诉人:你的每一根头发都是父母的心血,你的每一次呼吸都是父母的生命,你的每一寸皮肤都是父母的泪水汗珠,你唯一的回报是爱惜自己,除非你的毁灭可以使父母祖先得到光荣。

听来很落后,是吧。青年应该有冒险的精神,可是方向呢?赞美冒险精神,原是为了车辆下的婴儿有人抢救,为了正在受辱的妇女有人奋身保护,为了有人无视威胁,挺身为刑案作证,或者执行艰难的任务、兴利除害。

而今多少青年冒险死亡,却是为了酒后开快车,为了吸食大麻,为了不屑使用保险套,为了枪对枪解决争端。训练不精、装备不足,偏要深海潜水、攀登高山或驾驶飞机!这样的冒险有何值得提倡?这样的青年难道不需要保护?

青年的冒险冲动也许是神圣不可否定的,然而华裔青年最好略知先哲的告诫。清寒之家的子弟想一想,何苦去学人家浪费金钱生命?大富之家的子弟则必须知道,你的自毁也许恰好是劳苦大众的娱乐节目,同时也使悠悠众口有机会"诅咒"你的先人,说他们报在子孙。

这篇在纽约写成的文章,也许只能在中文报刊刊出,可惜海外千万华裔青年,早已不认得中国字了!那么,送给国内的青年朋友吧。

恨从口出

枪击、滥射和种族仇恨正在威胁美国社会,人人说话要拣字眼儿。

人说出来的话,就是他的思想,他的话进了别人的耳朵,又变成别人的思想;残酷的言辞产生残酷的思想,然后可能是残酷的激烈的行为。

纽约市长一度对教育局不满意,他说要"炸掉"教育局。那时正值科州校园血案发生,两名小枪手杀死师生二十五人,射伤二十一人,并留下一批爆炸装置。市长用词轻率,令人捏一把汗,他为何不说关闭或撤销教育局?

最近市长在电台发话,批评某些养狗的人,任凭爱犬随地大便,并不用铲子清理。市长为民除弊,足以赢得市民的好感,可是他骂那个狗主人"该死",又犯了眼前的大忌。"该死"和"该杀"究竟隔多大距离?由"炸掉"到"该死"之间,没有人提醒市长不妥。

市长犯的错误,我们每一个人也常犯,我们使用的语言中常常带着杀机。例如,文雅一点的有"生不五鼎食,死当五鼎烹",有"人头作酒杯,饮尽仇雠血"。通俗一点的有"我恨不得杀了他","他该枪毙十次"。我们习焉不察,忘了"宁为玉碎"有时也凶险得很。

人过留名

英国出版的《金氏世界纪录》是一本怪书,它把人的逞强好胜之心和人过留名的欲望,导往病态的方向,发生许多荒唐事。最近的消息说,南京有两位小姐,表演"与蛇共居",计划共居一千小时,以便打破金氏纪录。她们表演到一百二十一小时,当局出面制止。很好,应该制止。

金氏纪录对许多人产生鼓励的作用。例如,它记录谁吃得最快、谁吃得最多,国际上乃有吃热狗大赛。最近的一次,就在布录仑的海滩上举行,某人在十二分钟内,吃掉二十又四分之一条热狗,夺得冠军。流风所被,台南比赛吃粽子,一位女士在二十分钟内吃掉六个半粽子,冠军。云林比赛喝竹笋粥,某人在三分钟内喝下十二碗粥,冠军。

从新闻报道得知,为打破纪录,纽西兰有位木匠,连续讲话二十五小时。纽约州有位男子,费十五年心血,把鼻毛留得六英寸长。《金氏大典》记载"谁的头发最长"之类等等干什么?无聊的纪录,产生无聊的行为。它还记录某人吞剑、某人吞玻璃,危险的纪录,又产生危险的行为。

从正面思考,由《金氏大典》风行不衰,各地向慕模仿之不绝,虽说时代变了,"勒碑刻铭"还是有用。咱们共和国看重小人物的贡献,小城小镇都定期出版文史资料,一县一市都有地方志书,本地有功可记、有善可述的人,一一写入。定国安邦,起了无形的作用。

我们常感叹社会风气不良,如果大家平时对称人之善、与人为善,再多费些心思,对好人出头、好事留名,再多加一把力气,您以为有用没有?

功同良相

中华民族的健康,在西医传入之前,是靠中医守望维护的。神农氏尝百草时,还是一个小小的部落,等到西医出现,中国人口已到达三亿。民族的繁衍壮大,中医有不可磨灭的功劳。

在中医挂帅的时代,医生地位崇高,誉为"功同良相"。医术之外,强调医德,"医者父母心"。医者处理生死问题,必须有相当的人文修养,要做"儒医",有人高倡"非儒不精"。西方医界从这里面得到许多启示借鉴,使西方人受益不少。

更进一步,现代西方医学向中医取经越来越多,目前在纽约举行的国际中医药学研究会有详尽的资料。我们除了感佩中医的成就,也称赞西医的虚心。

诚然,中医问题很多,而西医的问题也并不少。《美国医学会期刊》透露,美国每年有十几万人死于药物反应,药物的不良副作用已登上十大死因的排行榜。新闻报道:英国至今仍在使用五十年前的疗法治烧伤,每年治死百分之六的病人。

今天大家不是比赛不能解决的问题,而是相互观摩能解决的问题,也就是"取长补短"。现在人类的健康"到了危险的时候",癌症、中风、糖尿病正难对付,又杀出来一个艾滋。由于环境污染还不知有多少潜伏的致命危机。中医西医,快快联合起来济世活人。面对明天的问题我们不气馁,回忆昨天的成就也不骄傲。

对于各地惠然肯来的名医,这里奉上几句话,是祝词,也是箴言:

"医者一也,唯精唯一;医者义也,必有仁义;医者宜也,因病制宜;医者艺也,神乎其艺。"

最难的一课

中医正在为世界逐渐接受,而接受有其层次。

中医可以分为医术、医药、医理三个层次。外人最容易吸纳的,是医术,针灸推拿之类早升入西医之堂室,为我中土人士津津乐道。

"草药"如甘菊、茴香、薄荷、松果菊,还有粉光参,进入美国的许多家庭。专家对草药的研究由浅入深,希望探索如何济西方医学之穷。

最难沟通最难接受的是医理,将生老病死套入阴阳五行的架构,外国人不懂、不信,抛开这一套,中医就成了支离破碎的雕虫小技;抱紧这一套,中医的世界化就窒碍横生。

把五行生克、阴阳互动当作一个比喻是很好的,但性命事大,如何付之比喻? 从中医的角度看,阴阳五行不是比喻,是"事实",虽然不可验证,但是可以心领神会。

是以中医的神妙之极,父亲无法传给儿子,老师无法传给学生。中医出现过许多神医,起死回生,不可思议。也出现许多庸医,误人误己。神医和庸医之间差距太大,不像训练及格的西医群,优劣差别要小得多。

这就是为什么病家认为看中医的风险大,通常是西医宣告技穷时,才交给中医最后一试。中医往往能在生命终点开辟起点,因其医理难测,被解释为命运和偶然。

怎样解决这个问题?昌明中国医学,这是很难的一课。

择业必读

进白宫做美国总统,不如进餐馆做洗碗工?岂有此理!可是美国的《职业排行年鉴》分明这样说。

《年鉴》根据六项标准排名,做总统工作压力大,工作不稳定,加薪太少,而且没有提升的机会。美国总统排行第二百二十九,洗碗工排行二百一十三,或许可以看出社会多元,政治民主,"帝力何有于我哉"。可是我们总不能说,总统改行做洗碗工是一项高就。

排行标准完全没有考虑对社会的贡献,牺牲的程度,留下的影响,完全以自我为中心,计算有形的收获。依照这个标准,他怎样安置德雷莎修女?

一九三七到一九四五,中国八年抗战,那时大后方一般军工教人员的收入,都赶不上长途运输大卡车的司机。有一位中学校长托媒求婚,女方拒绝,理由就是:我连司机都不嫁,怎么会嫁一个校长?

中国大陆也一度出现了"脑内科不如脑外科"(教书匠不如理发匠),"造原子弹不如造茶叶蛋"。司机和理发也都是可敬的职业,现在议论的是,时人认为前者空洞,后者实惠,因此而有抑扬。

这样的职业排行只能是不成文的,非主流的,只能写一篇轻松的小品。堂而皇之作成报告,俨然是立身之大本,社会品流的大经大法,恐怕洗碗工友,理发师傅都要说,别给老子开玩笑了。

压力知多少

话说当年美国有位国务卿,因报纸对他评论有失公允,他亲自到报馆理论,一时激动,痛哭失声。有人推测此公官位不保,(不久果然去职)。理由发人猛省:他太不能承受压力了!报纸一篇文章,就足以使他失去控制,美国国务卿挑的担子要沉重多少倍?他坐在这个位子上怎能令人放心?

曾国藩曾说,人要有几根"挺筋",艰难困苦来了,要顶得住;打击构陷来了,要垮不了。你看克林顿总统,绯闻案对他的杀伤力了得,他照样出国开会,到联合国演说,出面募款,新政一件又一件出笼。他比水门案中的尼克松总统有"挺筋"。

有志于政治事业的人,他可以贪,(立国家亿万年不朽之基业);可以痴,(到了黄河不死心)。说得典雅一些,"昨夜西风凋碧树,独上高楼,望尽天涯路",就是贪。"衣带渐宽终不悔,为伊消得人憔悴",就是痴。可是万万要戒"嗔",忍人所不能忍,要坚百忍以图成,要持其志勿报其气。

本来要具备上述的条件才好搞政治,既已搞起政治来,上述的能力也可以培养学习。不能"生而知之",那就"学而知之,困而学之"吧!

痛 快!

江湖好汉将被敌人杀害时,常常要对手"给我一个痛快",意思是一击致命,不要拖延。

死刑的存废是个费人思索的问题,有些人的行为,用中国法院判决书的说法,"凶残异常,人性灭绝",好像非有个死刑等着他不可。这等人判处死刑时,往往受害人的家属对着电视镜头大吼:死刑算什么! 他死了就完了? 认为他死得"痛快",占了便宜。

为了不让该死的人痛快,中国曾经有凌迟之刑,俗话叫"剐"。清末废除凌迟,但"千刀万剐"这句白话,和"百死不足以蔽其辜"这句文言,至今还在使用。宗教家设计的轮回,更是被大众津津乐道,死时纵然痛快,死后三世五世,甚至十世,不断做牛做马,为娼为奴,成瞎成哑,没完没了。

先说一句话站稳立场:绑票杀人的凶手,持枪扫射的狂徒,在民航客机上放定时炸弹的恐怖分子,个个该杀!然后,请恕直言,认为死刑太"痛快",想法也很可怕。

现代法律加给犯罪人的刑罚,都没有受害人所希望的那样重。法律脱胎于私刑,然后脱离私刑,私刑以受害人或"准受害人"的愤恨恐惧为基础,宁失之重,法律,尤其现代法律,以比较客观的立场,超然的态度考量罪与罚,往往不能与受害人或"准受害人"的情绪配合。

现代法律仍有许多缺点,一个大原则是奠定了:一旦发现恶人,决不把自己也变成恶人(更恶的人?)来对付他。只有这样,你才有资格"惩恶"。但愿我们的观念能跟得上。

名　人

中国长于制造"一夕成名天下知"的人物,外面的世界接力加工,使那人的知名度一天比一天高,形成类似通货膨胀的现象。票面金额一百元的钞票改印为一千元时,那张纸顾盼自雄,却不料它实际的价值只剩下十元。这是对通货膨胀的恶性利用。到最后,华美庄严的钞票终于成为令人失望的纸,不受尊重的纸,带有讽刺意味的纸。

有一只无形的手,钞票逃不出它的掌心,名人也照样逃不出,除了极少数一两位。前半段里面的世界想毁他,反而成了他;后半段,外面的世界想用他,反而废了他。这表示什么?里里外外大家都自私,名人随着形势走,身不由己,没人疼他,他似乎也不知道疼自己。

名人名人,凭的是个名字。起初,名字登在报上,字体很大,像鹅鸽蛋,后来变瓜子,后来变芝麻。那名字起初登在第一版,不久移到第二版,然后地方版,然后哪里去了?找不到。风云人物是一阵风,一片云,来得快,去得快。

唉,吹了气的名人,掺了水的名人,踩高跷的名人。时势弄名,造化弄人。爆竹一般的名,中秋月饼一样的人?

唉,你看,这里那里,有些人的名字永远芝麻大,可是也永不消失。一本书只要是谈他的那个时代,一定有关于他的一段两段。一篇论文,一席研讨会,只要谈到他的那个专业,一定有关于他的一页两页。每一个字的大小都像芝麻,铁打铜铸的芝麻,生根发芽的芝麻,能叫宝库开门的芝麻。名人名人,只宜追求这样的名,做个这样的人。

(选自《沧海几颗珠》)

头条新闻　匹夫有份

台北县东面靠海,有一小截土地伸进海中,形成一个小小的岬,叫做野柳。

野柳并没有柳树,经过海水千年万年冲刷,布满许多奇形怪状的砂岩,很像是现代雕塑的陈列场,经摄影家发现,专门为它开了一次影展,由此出名,每逢夏季游人很多,台湾北部添了一个风景区。

那是五十年代后期,台湾的观光事业还没起步,野柳虽然成了风景区,却没有常设的救生员,县政府只是派人在海水中插了一些牌示,警告游人不可越过界限。但是对某些人来说,违法犯纪是人生小小的乐趣,于是失足灭顶也就成了人生大大的悲剧。

于是一个渔夫出场,他叫林添桢,捕鱼的季节,他在野柳海水中作业,没有鱼可捕的时候,他在野柳陆地上卖凉水,他是卖凉水,不是卖汽水,也不是卖茶,五十年代,台湾乡下还有这样的行业。他一而再,再而三救起落水的人,成为一个志愿的救生员。到他救第五个人的时候,海浪打击他,他的头撞在礁石上,他就再也不能救第六个人了。

想不到有人出面了,那单位比县政府更高,高出很多。首先他使林添桢的名字写进头条新闻的大标题,接着重金抚恤了林家的遗孀遗孤,并且特别给贫无立锥的母子盖了一所房子。然后,野柳海边出现了林添桢的铜像,像座上铭刻他的义行。那是一九六四年的事,今天如果你有野柳之游,还可以看见这个精壮的汉子,一手提着救生圈,居高临下眺望大海,两腿分开,好像随时准备一跃而下。

第二年,一九六五,"历史不会重演,只是往往相似",台湾另一个滨海的城市基隆,出现了一位简金墙先生,他也跳海救溺不幸身死,他的名字也成为报纸的头号标题,他家也得到一座房子,他在海边也有一座铜像。林添桢是全身立像,他是半身胸像,气概差一些,揭幕的时候也是各地首长到齐了。

第三年,一九六六,冥冥造化把同样的剧本再排演一次,主角换了个初中学生,推想也不过十三、十四岁吧。他下水救一个同学,自己也淹死了,地点不在海边,在一条小河里,那地方叫新店溪。识水性的人说救溺很难,落水的人已经糊涂了,你去救他,他会紧紧抱住你不放,你四肢不能运动,在水下哪有活路?据说入水救人往往要先把那落水的人打昏,再把他的头部托到水面上,借水的浮力拖着他的身体走。咳,十三、十四岁的孩子哪懂这些?

这个舍生取义的孩子叫林再春,奇怪了,林添桢,林再春,都姓林,台湾林家果然是大姓,人口多。那时台北正要为青少年建一座公立的游泳池,林再春的名字就做了游泳池的名字,他的铜像也立在游泳池旁边。一连三年,三个平民的名字都成了报纸头条新闻的大标题,都立了铜像,当然不是出于偶然。这三件事还有那座游泳池都是蒋经国一手安排,那时候蒋经国相信风俗之厚薄系于一二人心之所向,我也相信。

岂能尽如人意?后来我听说,家长带着孩子游野柳,指着林添桢的铜像叮嘱孩子,自己的安全最重要!你不可以涉险落水,你也不可以冒险救溺。后来我知道,游泳池边的铜像鼓励了许多孩子,台湾各地都有许多未成年人学林再春,淹死了,弄得树立铜像的单位很尴尬。后来的后来,我知道一二人以身作则并不能移风易俗。最后,最后的最后,我想蒋经国也知道了。

(选自《爱情意识流》)

历史钟摆

报纸出现惊人标题:"消失中的台湾人"。急忙细读,说的是"台湾创下全球最低的出生率,成为全世界少子化最严重的国家,影响消费力、国力,甚至你我的未来"。多少年轻人不肯结婚,或者结婚后不肯生孩子。政府奖励生育,重金悬赏征求"使人一看就想生孩子"的标语口号。

遥想五十年代,人们普遍相信多子多福,加上避孕无术,到了六十年代,人口增加,"一年增加一个高雄市"(当时高雄市有三十万人),资源的消耗"一年一个石门水库"(石门水库增加的生产效益,一年即被人口的增加抵销),情势严重,于是蒋梦麟博士"杀了我的头我也要提倡节育",区区在下也曾如响斯应,敲锣打鼓,跟那些打着民族主义的招牌主张"增产报国"的老"立委"针锋相对,惹得暗箭如蝗，遍体鳞伤。如今台湾发生人口恐慌，那些老前辈们地下有知，也许庆幸自己有先见之明，暗笑我们当年庸人自扰、枉造口业吧！

看起来世事往往反复颠倒。从前教育专家一直说"男女合班"多么好，现在论调一变，又说分班好。美国法律不许分班，各州巧立名目，设"单亲班""受歧视女性数学补强班"。有人喟然叹曰：活到七老八十，才知道原来什么事都不必做！

倒也不能这么说。六十年代，台湾如果没有那样的人口政策，老前辈的在天之灵势将看见九十年代台湾发生空前的"十年灾害"，人口数目也会年年下降，死因却是饥饿瘟疫，新生人力在苦役和镇压暴动中消耗，而非如老前辈所想象的用于反攻大陆的战斗。以用药做比喻，有些药大寒，有些药大热，有些药稀释血液，有些药使血液容易凝固，有些药清肠，有些药止泻，有些药使人清醒，有些药使人睡眠。台湾后来跃登亚洲四小龙之一，世人目为经济奇迹，出现富足安乐的社会，六十年代的计划生育是一味对症的药。

今天要换另一味药，如果我仍在台北，也会逢人相告："二十岁，女子好；三十岁，银子好；四十岁，房子好；五十六十才知道孩子好，可是迟了！"我会反复说："孩子的笑声是家庭的喜气,孩子的哭声是家庭的朝气。没有子女是人生的霉气。"不结婚,不生孩子,真个是经济问题吗?若谈收入,谈生活水准,五十年代那才捉襟见肘呢!六十年代家庭计划工作人员四出劝导,舌敝唇焦啊!"少子化"的现象反而出现在比较富裕的年代。我也许下一剂猛药:"不生子女,你很爽,你的敌人也很爽!"索性来个当头棒喝:"自己斩草除根,你到底跟谁怄气?"

世事总是向相反的方向发展,每个人的贡献都是阶段性的,但并不因此丧失价值。以文学史为例,古典一反为浪漫,浪漫一反为写实,但古典主义浪漫主义时代的文学成就依然俱在。前辈的付出,使我们渡到"彼岸",而非到达终点,终点在无数"彼岸"之外,我们一个一个要渡。每一条船、每一个舟子,都是我们感激纪念的对象。我们常听见"既有今日、何必当初?"咳,若无当初,难有今日啊!

有学问的人称此为"钟摆现象"。钟摆看似徒劳循环,实际上它推动了分针时针,钟摆现象是一种向前发展的现象,也许"唯物"的用词更漂亮,他们说"螺旋形向上",一圈一圈升高,并非重叠。几十年来世事变化剧烈,昨是今非,令人惘然。我劝列公一抖擞,"莫更思量更莫哀"!

(选自《小而美散文》)

消失了的红羽毛

想当年穷人多,穷人过冬如过关。冬天不能挖野菜,捉野兔,不能下河捕鱼,入山砍柴,三餐经常不饱。冬天寒冷,必须有棉衣棉被,旧的破了,新的买不起,经常不暖。一连下几场雪,老弱先挺不过去,路有冻死骨是新闻也不是新闻。

于是有冬令救济,时间大约在快要过阴历年的时候。阴历年已是春天,那是历书上说的,穷人亲身感受这是最冷的时候。地方上有钱的人拿米拿钱出来帮穷人过冬,在都市里,商会或慈善团体出面募捐。

我初到台湾的时候,参与了冬令救济委员会举办的义卖红羽毛活动。红羽毛是一枚小小的徽章,每个售价新台币一角。那时候台湾没有塑胶,徽章用铁片制造,正面镀上颜色,背面有别针,可以佩在胸前。这样一件饰物居然只卖一角,扣除成本和经手人的酬劳,还有钱用于冬令救济。今天回想,当年台币还真值钱。

冬令救济委员会透过市政府的行政权力推销红羽毛,对象是公私机关、人民团体、教会寺院、商业行号,乃至保甲邻里,没有遗漏。对了,还有学校,特别是小学。实不相瞒,中学生已经不大听话了,大专学校你根本进不了门,小学生还很乖,学校把他们组织起来,当街劝说行人解囊。台湾四季皆春,那是旅行指南说明,台北的冬风依然料峭,孩子们个个两颊红肿,流着鼻水。最难承受的不是天气,而是有些行人断然拒绝,孩子们跟在后面追逐呼求,行人也决不回头。

冬令救济的意义,老师早已向孩子们灌输过了,孩子们兴致勃勃,一股热情,等到和现实碰撞,愤愤不平,大骂有钱的人没有良心。我对孩子们说,我们在街头伸手的时候,根本没机会遇见有钱的人。他们并非富人,他们有良心,也许一时不方便,也许在别处已经买过好几次了。我劝孩子们得失心不要太重,他们说不行,我们有竞赛。我打电话问学校是否可以取消竞赛,他们说不行,我们有配额。我觉得这样行善未免恶行恶状,不择手段。紧接着我知道孩子们可以把义卖所得扣下一部分钱做班费,怎么可以教孩子向善款中抽佣金?这是很坏的启示。我看见有少数孩子就用卖掉红羽毛的钱买花生米吃起来,这么小的年纪就有机会贪污,我觉得事态严重。

怎么办呢,咱手里不是还有一支笔吗?我公开呼吁停止小学生上街义卖,让一些十岁上下的孩子就吸收这样的人生经验,实在有伤厚道。我说孩子放学后不能回家做功课,在街头追逐行人,教家长担心。有学问的人坐在办公室里摇头晃脑,认为全台湾八百万人,每人出一块钱就是八百万元,我说八百万人每人出一块钱,这样的事根本不会发生,倒是一个人出八百万,或者八十个人每人出十万,这样的事在世界各国发生过。社会公益不能靠穷人出钱,要靠有钱的人出钱,富人弹一弹烟灰,签一张支票,比全省的孩子卖一季红羽毛更能解决问题。

第二年我没有再参与冬令救济。然后,听说红羽毛义卖停办了,然后,听说冬令救济也取消了,然后,听说议会辩论家中有彩色电视机算不算贫户,我知道这个问题不必再费思量了。

(选自《爱情意识流》)

南宫搏轶事

历史小说家南宫搏,本名马彬,浙江人。他也是诗人、报人、历史学者、政论家,化用了很多笔名,以致有人认为他只写历史小说。他同时又是一位名士,风流韵事也不少。

他长期居住香港,涉足情报界,外务纷杂,但小说依然多产。他说他在任何情况下都可以写作,他经常参加各种大会,可以坐在会场里写小说;他经常旅行,可以坐在飞机上写小说;住院检查身体,他可以在病床上写小说。我编副刊的时候,老板请他写长篇连载,我常常担忧稿子接不上,他从未断稿。

香港社会他摸熟了、摸透了,讲吃喝玩乐的门道,他运用之妙,存乎一心。台湾那些做大官的人到了香港,都想放松一下,其中有些人是大特务,多半由他安排节目。茶余酒后,他跟那些大特务常常谈论台湾香港的文艺界,他常常告诉对方作家是一种什么样的人,专心创作的人活在另一个世界里,那不是国民党的世界,也不是共产党的世界。不通世故、自命清高并不等于想造反,名士狂士自古有,政治家可以包容。

有时候特务盯上了某个作家,想听一听他的意见,他总是婉言解释一番。南宫搏虽然是知名的小说家,他跟台湾文坛的关系并不好,因为他的历史小说很色情,受正统批评家排斥,他在香港又偎红倚翠,台湾的女作家也不愿意跟他交往。那些大特务都知道南宫搏是一只文学孤鸟,认为他提供的这些资讯没有私人目的,很有参考价值,以后处理相关的问题,多多少少增加了一些对那作家有利的考虑。

六十年代后期,《中国时报》余老板气势甚盛,"赢得英雄尽折腰",特邀这匹千里马以社长名义入盟。新闻界四方豪杰一入此门低首下心,唯有南宫搏无论公私场合仍然称他"纪忠兄"。有一次报社以茶会招待副刊作家,济济一堂,有些人围着余董事长谈话,有人围着马社长谈话,好像形成两个圈子。余氏长于统驭,轻轻地叫了一声汉岳(马彬字汉岳),他可能以为马汉岳的谈话应声而断,加入他的话题,那个小圈子也就并入他的大圈子,不料南宫搏置若罔闻。这时全场肃然,只听见南宫搏一人还在讲话,余老板再叫一声汉岳,声音稍稍提高一些,南宫搏依然面对他的听众把话讲完,再转过脸接余老板发过来的球。这场景在余氏门下绝无仅有,观察者佩服南宫搏有文人风骨,也预料他在这个位子上干不长。

(选自《小而美散文》)

吃狗肉

中国人本来不吃蕃茄,只因营养学家再三说有机酸,维他命C,茄红素,番茄便成了家常菜。外省人本来不吃木瓜,到台湾后,美军顾问团长蔡斯爱吃木瓜,向达官贵人热心推荐,上行下效,木瓜晋级为美食。台湾人本来很少吃狗肉,广东人来了,爱吃狗肉一度惹人讥笑,后来冬天吃狗肉也成为普遍的风气。

五十年代,台北吃狗肉的场面很有野性。那时台北有很多空地,几条汉子支起大锅大灶,塞进木柴,野风呼呼吹,火旺水沸。平心而论狗肉很香,香气飘出去就是广告,来往行人真个闻香下马。平心而论狗肉的滋味也很好,比驴肉好,可能也比牛肉好,大碗大块,吃下去热乎乎,三冬变三春。传说吃狗肉以狗之长补人之短,顾客清一色男子,女人不好意思。台湾并没有人饲养菜狗,卖狗肉必定偷狗,偷鸡摸狗也是三百六十行之一。有一天偷狗偷来豪门名犬,照样剥皮下锅,事情闹大了。

以后我再也没吃过狗肉。在美国不能吃狗肉,犹如在伊斯兰教国家不能吃猪肉,在印度不能吃牛肉,这是文化现象,只有尊重,不必争论。狗肉是亚洲地区的大菜,也是文化现象,但是,倘若你杀狗杀到美国来,那就出现文化冲突。文化冲突往往衍生思想冲突、族群冲突,星星之火可以燎原。纽约电视第11号频道播出特制的节目,把韩国餐厅用乌鸡羊肉做的汤硬说成狗肉补身汤,把狩猎场合法搏杀野狼硬说成韩人杀狗。这是成心跟咱们过不去,成心把电视观众骗死,一错再错,恶意强化错误,已构成一种暴力。

虽说江湖风波险恶,可是这是什么时候,你还来这一套?文化冲突威胁世界和平和美国安全的警告在耳,国际恐怖分子余烬未熄,世贸中心的废墟尚在清理,美国正在置国家安危于个人权利之上力挽狂澜,此时何时,11号电视台正该"对外保持警戒、对内保持和谐",为何使用剪接、拼贴之法,直接制造文化冲突,间接培养种族歧视,为美国社会增加负数?他们有没有听说过"世界和平要从自己做起"?他们真爱美国吗?

"狗肉新闻"出现以后,少数族群筹划对策,不在话下。其实主流社会更应该感受到震动,这表示到了今天,如此美国精英依然不能反思过去、策励将来,如何了得!

(选自《爱情意识流》)

百感交集

1

你生病的时候,医生爱你。你礼拜的时候,牧师爱你。你上学的时候,老师爱你。你吸毒的时候,赌博的时候,谁爱你?谁爱你?

2

反对语言标准化的人,常以维护"母亲的语言"为诉求。但是,多少人维护"母亲的语言",并不听从母亲的话。

如果听母亲的话,司法部的调查就不会发现:一九九九年度全美的持枪谋杀案,有四分之一是青年人干的,年龄在十八岁到二十岁之间。

3

孩子在家里舒服惯了,忽然进入社会,难以适应,怨言甚多。是了,这就需要有人告诉孩子,家庭是家庭,社会是社会,人迟早要投身社会,你必须接受这样的事实:老板和父母不同,同事和兄弟姊妹不同,办公室和你的卧房不同,工作也和跟宠物洗澡不同。现在你是去顺应、不是改革,你去学习,不是批评。

4

都说美国孩子很幸福,如果幸福是少年时嬉游怠惰,并未包括一生的光明远景,幸福乃是灾难的别名。

5

伸手一拉、得到两千七百多万元的人,是幸运者,也是帮凶,他的见证使无数人流连赌场,或失去品德,或失去财产,或失去光阴,或失去职业,或失去家庭,甚至失去生命。他们以后的故事,赌场不会发布新闻。

6

张春荣教授引用西谚:"命运抛给我们一颗柠檬,我们来做成一杯柠檬汁。"这就是修改结局,推而广之,命运给我们一颗球根,我们使它成为一粒种子;命运给我们一堆落叶,我们使它成为肥料;命运让我们做破铜烂铁,我们偏要化为一件古董。

7

人脑比电脑,他的思想观念就是他写的程式。忧郁症是"程式"生产出来的,而程式是自己穷年累月写就,它把结果给你,这结果是你自造的,并非命定的,它也并非唯一的,而是可以改换的。

8

别说没人关心你,每年十一月第三个星期四是戒烟日,有人恳求你戒烟,哪怕只戒一天也好。每年四月是戒酒月,有人天天帮助别人戒除酗酒。还有,研究发现,坐时双腿交叉重叠,会妨碍血液循环,于是要订一个"不跷二郎腿日"。咳,世上关心你我的人很多,最不关心"我"的可能是我自己。

9

一个人没有"必须宗教才能解决"的问题,所以不信教,也许是他的幸福。

一个人有了"必须宗教才能解决"的问题,仍然不信教,那就是他的不幸。

10

有人提出一个不成问题的问题:儿童缺牙的模样很可爱,老人缺牙为什么就不?无他,儿童以后会长出牙齿。宁可想象世界是个缺牙的儿童。

11

每一滴水都可说是独立自主的,但是由于互动形成漩涡,就个个身不由己了。

每一个人都可以自主,但社会是漩涡。

12

"忍"由"善"出,虽自立门户,仍为善行之一。百善之中有一忍,一忍之中见百善。倘若忍中无善,忍必不能久;无善之忍又何等可怕,何等不真。

13

多元文化云云,精髓要旨是尊重别人的文化、而非放肆自己的习俗。

14

人间有一个名词叫做"教养",教养可以缓和、转化、调剂环境的刺激。

人不是狗,不必太强调条件反射。

15

中国橘子移到加州仍然是橘子,而且是更好的橘子。但愿咱异乡人都是来种橘子、结橘子,不管以前是否吃到橘子。

16

美,并非争妍斗艳之谓也,美是一种圆满上升、令人涤尽俗尘的感觉。美源于善,善最后化为美,归于美,行善的那一刻没有丑人,善行是最佳美容剂。

17

回首前尘,当初攀越的山好像并没有那样高,涉过的水并没有当初那样阔,流的血并没有当初那样多,摔的跟斗并没有当初那样重。我们毕竟是继续往前走,走得远了,背后的景物自然缩小模糊。

18

人,要爱几个人,才活得有劲;也要恨几个人,才活得有劲。身为这一代历经沧桑的中国人,如果我们也学到教训,那就是:你可以无须成为他的爱,你必须预防成为他的恨。

19

我们每一个人都无计脱出因果,只能在因果中做个够格的人,有时谨慎小心做人,有时赴汤蹈火做人,不能完全由我,也不能完全由他。

20

人生经验好比食物,吃下去,分解毒素,排除废料,吸收养分,什么事都有好处,所以人类历劫不灭。

21

读书会不是群众大会,读书是一种不同流俗的雅兴,是人弃我取的智慧,四君子、七贤,都足以传为美谈,耶稣说:只要有两三个人同心祷告,我必在你你中间,读书会也可作如是观。

22

书是精神食粮,全在读书的人怎样消化。一样米养百样人,要紧的是有米,有好米。

23

"文无第一",文学奖的得主未必是最好的;"文章有价",文学奖的得主定非最坏的。

24

文学奖难免争议。你说杨玉环的体重超过赵飞燕,易下定论;你说赵飞燕的长相比杨玉环美,难下定论。文学奖乃是谁比谁美之类,并非谁比谁重之类。但是"选美"也绝非"选丑",当选人总是个美人。

25

文学奖并非仅是对某一个人的奖励,而是对文学这一门类、这一行业的奖励,它的作用并非确定谁最好,而是"你好、我也能好","你好、我可以比你更好"。有人拿出大把金银设文学奖,不管谁得奖,文学中人应该是高兴。

26

所谓"文章华国",作品到了水准,它可能与国策俱生,但不随国策俱灭,永远是这个国家的荣耀。它有自己的生命,艺术家的"动机"如何已无关紧要。

27

读诗如饮乳,读史如饮冰。读唐诗宋词如游名山大川,人间天上,读今人诗词如偶值邻叟,谈笑忘归。

28

依"人格工程"之说,一个人的人格是一砖一瓦一木一石建造起来的,报纸杂志书籍都是重要的建材行,长期供应,听凭取用。劣质材料不能建构良好的人格。

29

所谓解释权,说白了就是"我说你是什么你就是什么",所谓"反解释",就是"告诉你我是什么,你并不知道我是什么。"水仙是水仙,大蒜是大蒜,不能任凭你"把水仙看成大蒜,把大蒜看成水仙。"

30

对付心理战,大家要"不做敌人希望的事"。人有七情,要惊恐,要哀伤,要心灰意懒;但是人有一种能力,可以称之为"偏不":你要我失眠,我偏不失眠;你要我沮丧,我偏不沮丧;你要我失去信心,我偏保持信心;你要我生活失常,我偏维持正常。

31

别看美国社会道德沦丧,冒领赈款仍为美国人所不齿。别说他们"笑贫不笑娼",他们笑贼、恨贼。脱光衣服赚钱,他可能没意见;撬开教堂的捐献箱拿钱,他们有很大的意见。

32

俗话说,"一个巴掌拍不响"。第一个说出这句名言的人,他设想的情况是:两个人面对面,每人伸出一个巴掌来。

往往是,双方互相等待对方"出掌"。人心不同,各如其掌。好不容易巴掌伸出来了,戴着厚厚的鸭绒手套,唯恐受了风寒,拍上去也没声音。好不容易手伸出来了,其掌如刀,其指如钩,令人迟疑观望。好不容易手伸出来了,不是握着拳头,就是手背朝前,令人无从下手。

手伸出来了,没错。是招手,还是摇手呢?是准备向外推,还是准备向里拉呢?是手心向上有所取,还是手心向下有所予呢？是手掌向左，还是向右呢？是大手，还是小手呢？是冷手，还是热手呢？是硬手，还是软手呢？

一只手传达万千讯息，伸手未必就可以拍手，勉强拍手也许是武侠小说里的"对掌"，双方掌心贴掌心，运内功厮杀，有金戈杀伐之声，你我听不见。凶险哪！

33

团结不是征服，团结不是献媚，团结不是只听一个人说话，团结不是每个人把口袋里的钱取出来，放在台面上，由你通吃。

团结不以割据为乐，以联合为乐；不以对立为乐，以融洽为乐；不以圈子越缩越小为乐，以胸怀越来越宽为乐，不以逢迎了多少人上人为乐；以结合了多少人下人为乐。

34

"自由人"需要鸡蛋，却认为蛋壳多余。

35

一个不知因果关系的人是不健全的,一个享受别人的奉献而践踏其来源的社会是不公平的,不健全的人组成不公平的社会,很难长久安乐,这是自由人潜在的危机。

36

手心也是肉,手背也是肉。批曰:手套不是肉。

37

各人头上一片天,各人脚前一条路,自求多福也就是了。

38

"天下兴亡,匹夫有责",那是国亡以后,全局崩坏,只剩下匹夫了。匹夫也分大小,说这句话的顾炎武,也会自认为他的责任比别人重大。

39

儿女所犯的一切错误,在父母看来,都是成长,都是喜悦,对他所受的打击,只有心疼。儿女爱赌,父母怪世上有赌场,祈祷儿女输得少一点。

每一个人都认为他的母语是最好的语言,那是感情。母语如酒,国语如水。母语如糖,国语如米。母语如月,国语如日。母语如癖好,国语如技能。如此如此,不一不一。

有公德心,每个人是一块砖,可以筑城;没有公德心,一个人是一个缺口,可以溃堤。没有公德心,大家简直互相妨碍、互相陷害;有了公德心,大家可以互相保护、互相拯救。

40

谣言是一种变形批评,平素不满,借题发挥。

41

下一代生命重新开始,他不要咱们的"曾经",要去追寻自己的"未曾"。好不疼煞人!

42

无论屡战屡败还是"屡败屡战",问题在究竟有多少进步,能进步,终有胜利的一天,"失败为成功之母";不能进步,即使这一次胜利,下一次仍要失败,"失败为成功之子"。

(选自《白纸的传奇》)

文章的滋味

文章有滋味,因为文章源于作者的生活,生活有滋味。前人常用酸甜苦辣形容人生,甚至说百味杂陈,人有某种能力把心灵的感受转化为味觉,作家又有某种能力,借着文字传达这种感受。喜欢读书的人都明白何以说《汉书》可以下酒,简媜的散文可以伴一杯龙井。

如此这般,一个作家就像一位厨师,一件作品就像他做出来的一道菜。一位够格的厨师,他做出来的炒肉丝,应该和另一位厨师有别。不仅如此,同一位厨师,他下午做出来的炒肉丝,也应该和他上午做的炒肉丝并不完全相同,所以炒菜是艺术。倘若每一道炒肉菜都相同,那就是罐头,罐头不是艺术。

中国菜分成好几个菜系,在同一菜系之内,比方说川湘或江浙,那同系的厨师做出来的菜又有共同的特色,和另一菜系显然自成一类。1978年我来到纽约,开始接触中国大陆出版的诗歌小说,如同一向吃江浙菜的人忽然进了道地的四川馆子,由味觉的挑战到心灵的激荡,再由心灵的调适到味觉的和谐。那几年我写了一些文章寄回台湾,希望台湾的朋友们一齐分享个中滋味。

在我的家乡,形容一个人专心阅读,说他像"吃书"一样。我们喜欢读书,正因为读出其中的滋味来,如酒徒喜欢喝酒,老乡喜欢吃菜。诗可以细品,小说可以大嚼,散文如零食,乘兴随意,读剧本如研究食谱,想象其色香。读书的时候故意和饮食连结,可以增加读书的乐趣,饮食的时候故意和读书比附,可以增加食物的甘美。我常设想"假如进书店的心情像进馆子一样",多好! 可惜不能,因为觉得心灵"饥饿"的人太少了。

生活中有酸甜苦辣,文章也有酸甜苦辣,其间经过艺术加工,一如厨师经过烹调。若是用文章直接诉苦喷辣浇酸,等于教我们舐盐喝醋,忘了杂货店并不等于饭馆。尤其要注意,人在受苦的时候写出来的文章不要苦,享福的时候写出来的文章不要甜,有权有势的时候不要辣,穷途末路的时候不要酸。李后主当然了不起,我总觉得他前期的词太甜,后期的词太苦。鲁迅先生当然了不起,我总觉得他的杂文太辣。杜甫的《茅屋为秋风所破》，作歌一首，不酸，难得。

文章进入你我的生活，给生活增添滋味，你我因而作文说话也有了滋味，做人比较容易结缘。古人说"三日不读书，语言无味，面目可憎"，三天期限太短，负面影响也没那么快，若说"三日不读报"，那倒是出了门少开口为妙，一开口就可能露出孤陋寡闻。最后四个字"面目可憎"有趣，本来这是人人易犯的逻辑错误，祖母不喜欢媳妇，连带讨厌孙女儿。有人说，"学者以读书为职业，为了维持职业，偶尔也写书；作家以写书为职业，为了维持职业，偶尔也读书"。针对作家，这"偶尔"两个字真幽默，不过也是严重的警告，作家必须读书，否则文章无味，势将被判出局。

袁子才有这么一首诗："掩卷吾已足，开卷吾乃忧。书长白日短，如蚁观山丘。秉烛逢夜旦，读十记一不？更愁千载后，书多更何休？吾欲为神仙，向天乞春秋。不愿玉液养，不愿蓬莱游。人间有字处，读尽吾无求。"他说书籍太多，像一座小山，读书人的精神时间不过是一只蚂蚁，好比喻！今天资讯爆炸，你我这只"阅读小蚂蚁"面对东岳泰山，西岳华山，又岂是袁子才所能想象？"读十记一不"？古人印书不讲究索引，事后很难查找，有学问的人多半记性特别好。夏丏尊说过,他用反复温读来抵抗遗忘,那样岂不是阅读的范围更狭小?书上说,财雄势大的人有特别办法,他买了许多奴隶读书,他需要查考某一本书的时候,就命令那个奴隶背诵出来。这是什么办法?别人即使能做到,读书的乐趣还剩下多少?

有人说,书这么多,反正读不完,干脆不读算了!我也说过,进了图书馆反而不想看书。再想一想,这个理由奇怪,世人七十称古稀,彭祖活了八百多年,可有谁说自杀算了?我们进馆子,何曾因为食物太多废然罢餐?也许因为古人谈到读书人的时候,常常称美那人"于书无所不窥",人人心里有这句话,这句渐渐成了诫命,成了标准,也成了压力,到了"解放个性"的时代,"不读书"可以成为一种时尚?其实当第一个人说"于书无所不窥"的时候,书籍很少,一个发愤用功的人可以全部读完,到了第一百个人说这句话的时候,这句话只是表示读书很多而已。读书也像饮食,吃你需要的,吃你喜欢的,吃你能消化的,也就是了!根本不需要立下弘志大愿,"人间有字处,读尽吾无求"。

想当年我还属于"少儿"一类的时候,喜欢看一切用文字印成的东西,环境闭塞,连找到一份旧报纸都很难,若是路旁有一团字纸,我也要拾起来打开看看,今天回想,那时倒有几分袁枚先生的气概,"人间有字处,读尽吾无求"!可是我没有从那些字纸上面读到任何有益有用的句子。读书要知道怎样选书,一如食客懂得选菜,有涯之生说短很短,说长也长,先选后读,尽其在我,估计留下的遗憾也不会太大,最大的遗憾应该是不去读书,并非没有把世上的书读完。

(选自《滴青蓝》)

天地不为一人而设
——复关汉卿专家

谢谢你,从家乡来的消息总是动人心弦。你说,东海孝妇墓要重修,不知怎么个修法。孝妇墓就是窦娥墓,窦娥就是《六月雪》的女主角,戏听过,墓也见过。

孝妇墓在郯城城东,长三十米,宽三十五米,土高四米,我当年在墓前想到"人生自古谁无死,留取丹心照汗青"。现在杂念多,看事情东拉西扯,我想,孝妇多矣,冤狱也不少,窦娥能有这么一个墓,恐怕是和郯城之西的"于公墓"相互辉映。于公是于定国的父亲,而于定国在汉宣帝时为相,是一位贤臣。这位于公在世时担任东海郡的司法官吏,承办窦娥的案子,力主孝妇无罪。太守不采纳他的意见,他因而辞职。于公是小吏,死后有丰碑隆冢,当是东海郡"看子敬父",为彰显于公之贤,窦娥是最有说服力的证据。

不过您是纯正的文人,宁愿相信不朽的窦娥是靠关汉卿的剧本,而于公又是沾了窦娥的光,这就像是传说《马赛曲》掀起法国大革命,《黑奴吁天录》导致美国南北战争,凡我操笔之士宁信其有。这样,就显得我们的专业很重要,可以做历史的加油器或刹车。关汉卿的《感天动地窦娥冤》是一等一的好戏,脱胎而出的《六月雪》也是一等一的好戏,可是,这里面有一个问题你想过没有,你听谁说过没有,我现在甘冒不韪,向你一吐为快。

窦娥是孝妇,是节妇,没有问题。窦娥遭人陷害,罪名是杀人,太守糊涂,判她死刑,这是天大的冤枉,没有问题。冤狱应该昭雪,庸吏酷吏应受处罚,当然也没有问题,即使窦娥英灵不昧,毒怨在心,对仇人有什么自力报复,我也可以接受。可是,她在临刑之时竟然说,为了证明我含冤负屈,此地要在夏季降一场大雪;这还不够,为了证明我含冤负屈,此地要大旱三年。我的天,六月飞雪,农作物都要冻死,下半年的收成幻灭,千万农夫的"汗滴禾下土"徒劳无功,只因为自己这一口冤气梗在胸中,就要这一方百姓挨冻受饿。不仅此也,这大旱三年,没有收成,饿死多少人?瘟疫流行,病死多少人?又有多少人求生不得、求死不能?这其中有的是善良百姓、忠厚人家,他们又朝哪里去喊冤?

我由窦娥想到张献忠,这是很大胆的联想。张献忠陕西人,跟着他父亲"赶驴"为业,"赶驴"是出租驴子的脚力运货或者驮人。他们走到内江县城停下来休息,把驴子拴在张家祠堂大门外的旗杆上,依当时的习俗,这是对张家的冒犯,何况驴子还在旗杆旁边拉了屎。张家管理祠堂的人把张献忠的父亲抓起来抽了一顿鞭子,并且命令张父跪在地上用嘴把驴屎一颗一颗衔起来"打扫"干净。那时候张献忠年纪虽小,却有大志,他发誓有一天要杀尽内江人。

也是活当有事。过了几个月,张献忠和他父亲赶驴又到四川,献忠在野外出恭,顺手摘了一片叶子当作草纸,他不知道这种"蛤蟆叶"上长满了茸茸的细针,这些软毛黏在肛门周围,先是奇痒无比,继之肿痛难忍。于是献忠咬牙切齿:四川的野草也欺负人,有一天,我要杀个寸草不留!

毫无问题,张献忠父子受此对待令人碍难坐视。毫无问题,内江的豪主恶奴必须受到制裁。但充其量不过是演一出"杀家"罢了。何至于要把内江人杀完,何至于要四川"寸草不留"?何况张献忠的伟业并未画地自限,张献忠可曾想到,当他宣示"杀杀杀杀杀杀杀"的时候,他已集残忍凶悍之大成,内江的土豪早已不值一提。要除小暴君,自己必须做大暴君;只因这世上有一人冤死,我必使之冤死千万人。这如何得了?

东海孝妇的故事上起刘向,下迄程砚秋,由瘦变肥,发育的过程漫长,而内在逻辑大致一贯,那就是,"被侮辱与被损害的"有天降神授的某种特权,包括荼毒生灵的权力。在关汉卿,这只是一种幻想;到张献忠,那就创造了历史。"特权"的预言大快人心,到头来却是"被侮辱与被损害的"一并饿死或杀死。时间如此之久,历史教训如此之多,伟大如关汉卿也不能另起炉灶,改烹新味,这就怪了!

此刻,我的快乐幻想是,一杯清茶,两盘干果,几滴雨声,听听你对这个问题的意见。"被侮辱与被损害"不能有,如果有,必须恢复他们的什么权,……你叫它什么权都可以,唯独不能是特权。

(选自《活到老真好》)

从饮食到文学

这些年看到很多新名词,例如饮食文化,饮食书写,饮食文学。饮食本来就是文化的一个项目,为什么要单独提出来专门设一个名词呢,因为饮食丰富了,精致了,提高了,而且普及了,成了文化的一个新现象;有现象就有记录,就是饮食书写,有书写就有高一级的表达,就是饮食文学。

台湾的饮食文学,早期要推梁实秋,夏元瑜,唐鲁逊,那时还没有"饮食文学"一词。后来有林文月,张曼娟,韩良露,蔡珠儿,2005年台湾出现饮食文学杂志,近年来又有郑丽园。作家找到新题材,开拓新领域。

郑丽园女士写饮食文学有她的优势。她是"大使"夫人,"大使"是做什么的?是办外交的,夫人协助"大使"办外交,外交官的工作,文言文叫"折冲樽俎",樽是喝酒,俎是吃菜,办外交离不开饮食,外交官,尤其是他的夫人,一定要懂得饮食,懂本国的饮食,懂各国的饮食,懂精致的饮食。"饮食"是正业,"文学"是副产品。

饮食文学的作家愿意和大家分享饮食经验。一个好心的作家,他替读者活着,他替大众活着。我们前生也许是个美食家,我们忘了;我们来世也许是美食家,时间还没有到;好心的作家现在就让我们做美食家,就让我们做企业家,做野心家,做慈善家,做政治家。我们只要读书,不需要轮回。

中国人说"民以食为天",饮食太重要了。端午节不靠屈原靠粽子,中秋节不靠嫦娥靠月饼,七月七不靠牛郎织女靠情人大餐。中国有个寒食节很有意义,可是谁过寒食节?没有什么好吃的嘛!人民大众就像小孩子,要想受欢迎,你得带着冰糖葫芦。

先贤又说,你与其送他一条鱼,不如告诉他怎样钓鱼。也许我们可以补充,他有了鱼以后,你还得告诉他烹调的方法,他有了方法以后,你还得告诉他更好的方法。如果他学不会,你就做给他吃。

人生在世只要能做一样好吃的东西就可以不朽。麻婆豆腐,成都一位麻脸的女老板发明的;宋嫂鱼羹,黄河边上小吃店里一位宋太太发明的,两个人都不朽了。丁宫保不朽,恐怕要靠宫保鸡丁。台湾"去中国化",反对读《赤壁赋》,照样吃东坡肉;反对写毛笔字,照样吃伊府面。国民党治理台湾,所有的功劳都会成为过去,只有一样,各省的好厨子都在台湾集中了,大大提升了台湾的烹饪技术。各省的好菜都集中了,大大满足了台湾人的口福,子子孙孙、世世代代永远享用,这一项成就永远不会磨灭。

从前中国人把吃饭叫"糊口",听起来心酸酸,"民以食为天",也把饮食说得太难了。现在时代进步,无论这个世界有多少缺点,大方向总是向前的,精致文化以前是少数人的特权,现在大众化了,吃饭的时候旁边有个乐队演奏,以前只有国王贵族办得到,现在只要你愿意,打开录音机就可以。我们的餐桌上不管用什么样的盘子,牛排总是好的,烹调技术也许差一点,牛肉总是好的。

到了今天,有些格言也许可以改变一下,今天不是民以食为天,今天民以食为美,民以食为乐。今天吃饭不再是糊口,要爽口,要悦口。华北民间流行一个说法:"读了《三国》会做官,读了《红楼》会吃穿",读《红楼梦》太麻烦,不如读饮食文学。

郑丽园女士的新书《纽约不可不吃》里面介绍了纽约

市七十家好吃的馆子,有位朋友买了这本书,他说他要每星期去吃一家,他要花七十个星期吃遍,他说那时候他会很有成就感。还有一位朋友买了这本书,他说他要约几个朋友一块儿去吃,吃了这家吃那家,轮流做东,一路吃下来,他说新朋友变老朋友,普通朋友变好朋友,摇头的朋友变成点头的朋友,吵嘴的朋友变成亲嘴的朋友,有朋一同来吃,不亦乐乎!

(选自《桃花流水杳然去》)

杀人无用论

留学生卢刚在爱荷华大学枪杀师生十人"抗议他所受到的歧视",一时颇有"于无声处听惊雷"的震撼,可是没有用,"歧视"依然随处可见,随时可受。

于是另一留学生赵承熙在弗吉尼亚理工大学枪杀师生三十三人,并留下"声色俱厉"的录影带,声明惩戒歧视的行为,青出于蓝,后来居上,一时也博得许多同情,可是他的心愿能达到吗?以我居住的城市而论,不但许多白人歧视华人,也有许多老华侨歧视新华侨,依然故我,看不出收敛或悔改。

恨不得起卢刚、赵承熙而告之:"杀"是没有用的!想当年张献忠入川受到歧视,发誓要杀四川人,后来他得势泄恨,只杀得四川省人烟稀少,以致朝廷鼓励外省人向四川移民，他的作为总算是惊天动地、创巨痛深了吧，总应该可以使人惩先毖后、知所炯戒了吧，人的习性在这方面又有多大改变？抗战期间"下江人"在重庆和当地人的互动经验又是如何，天知地知，你知我知。至于我的家乡山东，更是把张献忠当作异域传来的奇闻逸事、说说听听也就罢了。

不仅如此，想当年世间"罪恶滔天"，上帝曾经"洪水灭世"，索性把全世界的人类杀光，只留下一家八口做"种子"，希望人类从此改过迁善，"杀"之为用至矣尽矣，登峰造极矣，可是后来怎样呢，现在又怎样呢？

所以"杀"是没有用的，任你有多大本事，你比不过张献忠，更比不上耶和华。

世人看来，"杀"已是最后的手段了，除此之外还有什么办法？宗教家说，还有一个办法就是"爱"：爱仇敌，割肉饲虎。

为什么要爱他？为什么要爱他？简直违反人性嘛！仔细想想，这个标准倒也没有那么孤绝，中国成语有"倒行逆施"之说，这四个字的意义本来并不坏，前面既已无路可走，当然要原路折回，再寻出口。

今天人类"穷途末路"，只有"倒行逆施"。为了保护生态环境，生活方式向"原始"倒退，很多人能够接受，他歧视你，你爱他，大家就愕然了，怎么爱得下去？爱是一种能力,可以学习,佛教基督教都有课程可以选修。爱他有用吗？也许有用,也许没用,你必须一试,因为"杀"已证明无用,"爱"是最后的、唯一的努力了！

回应

毛玻璃：七月十一日"华副"刊出的《杀人无用论》,讨论刑罚对犯罪的效用,相当有趣。依一般人的理念,对"坏人"先要爱（教化、关怀）,如果他仍然犯罪,那就要"杀"（刑罚）。如今颠倒过来,先说杀,后说爱,出人意表。

"爱",也许是宗教观点吧？依我看,能够济法律之穷的、不是宗教,是政治,也就是修改法律为不能禁止的行为除罪。眼前的例子分明在,反共抗俄,通敌者死,但一声解严,相关法律废止,两岸交流成为时尚,当局反而授旗颁奖。

第十三使徒：先爱后杀和先杀后爱都对了一半,合而论之,创世之初,本来"神看着是好的",人世罪恶滔天,这才用洪水灭绝,这是先爱后杀。人类忘记了洪水的教训,犯下更多的罪,于是"神爱世人,甚至将他的独生子赐给他们",这是先杀后爱。倘若世人不接受基督,结局是烈火灭世,以先爱后杀终局。

早起看鸟:神负责"杀",人只能负责"爱"。

(选自《桃花流水杳然去》)

都是选择惹的祸
——再复关汉卿专家

我曾对窦娥和张献忠略有微词,你认为那一切都是社会造成的。这"社会责任论"倒是外面流行的意见,人人耳熟能详。在美国,如果有人犯了滔天大罪——例如,端起机枪朝着满街行人扫射,第二天,报纸会说,这要怪他的父母在他六岁的时候离婚;或者说,这要怪政府的经济政策使他失业;或者说,这要怪一九几几年美国介入了越战;或者说,这要怪卫生局不能扑灭艾滋病,使他的性苦闷不能宣泄……什么都要怪,只是不去怪那个犯罪的。

你还记得刘永福吗?他是在我们的历史教科书里出现过的人物。他在同治、光绪年间破敌于安南、台湾,也曾在南海、惠州等地为民众谋福利。武将能够"功在国家"也许不足为奇,同时又"泽及百姓"可就难得了!他的官职虽然不高,他这个典型却甚完美。

可是,"社会"是怎样对待刘永福的呢?他的家境十分穷困,母亲以接生祷神为业,每天早晨为刘永福梳好小辫就出门,深夜始能回家。十岁,刘永福在摆渡过河的船上做小工,常常赤足单衣冒冷雨站在河岸上等母亲归来,远远地先听见了母亲的哮喘声。他扶着母亲,娘儿俩手足冰冷如雪,一路上发着抖打着寒噤回家。按说,在这种环境里成长的孩子"应该"是偏激的,可是他没有。

刘永福八岁那年,一家人实在穷得无法生存,全家迁往广西投奔他的本家哥哥,每天步行八十里,不幸他的本家哥哥就在这个时候破产了。这件事使永福一家陷入绝境,在他二十二岁以前,他的父亲、母亲、哥哥、弟弟还有一个叔父都贫病交迫而死。他母亲去世的时候,邻人凑钱买棺,他托一个本家弟弟代办,这人好赌,拿了钱一去不返。我们设身处地想一下,他的日子是怎么过来的,"动心忍性"四字岂足以形容!按说,在这种压力长大的青年,"应该"是变态的,可是他没有。

如果刘永福的影子已经模糊不清,武训一定还活在你的心里。我们的国文教科书以民谣风的七言长诗记述他的义行,大陆拍过电影,又清算了那部电影,不啻为武训的不朽之身髹金镀银。武训本是目不识丁的孤儿,年年出苦力做长工为生,雇主欺他不识字,造假账吞没武训的工资。今年如此,明年仍然如此,甲雇主如此,乙雇主又是如此。按说武训"应该"自暴自弃,或者愤世嫉俗,或者铤而走险,可是他没有。

武训认为他之所以受人欺压,主因是不识字,而他之所以成为文盲,由于小时候没有人替他缴学费。那时失学的儿童极多,武训决定创办免费施教的义学来解除这些人的痛苦。他当时一贫如洗,用行乞、做手工、唱歌、给小孩子当马骑种种方式赚钱,积少成多,真个聚沙成塔。他为了钱,怎样长跪在财主门前哀求放贷生利,他办起义学,又怎样长跪在老师宿儒面前哀求有教无类,极尽艰辛,为人之所难能,这里也不细表了。必须提到的是,后来武训兴学,成绩斐然,山东巡抚上奏朝廷,皇帝特地赏给武训黄马褂一件、捐款簿一本。如果武训穿起黄马褂,拿着御赐的捐款簿登富商巨绅之门,岂不等于奉旨要钱,谁敢不给?他如果以权谋私,用捐款娶个老婆,每顿饭炒两个小菜,皇帝似乎也会默许;即使挥霍无度,弄出大纰漏来,"社会责任论"者也不怪他。可是武训仍然居陋巷斗室,每天用白开水送咸菜馒头下肚。人何尝必然是社会的机械玩具?

有时候,我想,如果一切都由"社会"负责,倒也好玩。"社会"使四川内江的富豪侮辱张献忠父子,又使张献忠起事杀人,这种以百姓为刍狗的社会要不得,"社会"再使一批人打碎它,它导演了一出大戏,其结局是自毁。就戏论戏,确是上选,只是我给"人类"找不到座位。这样的戏人类"玩"不起!

我们的圣贤认为,"社会"是一道又一道选择题。人要对自己的选择负责任。一样米养百样人,人和社会的关系不是罐头和工厂的关系。以"选择"取人,有些人我们崇敬,有些人我们体谅,有些人我们深恶痛绝。要看他的选择发生什么样的后果。虽然说,谈到价值标准,争论很多,无论如何,窦娥决心使东海大旱三年,张献忠起事屠城血染千里,在任何一种社会都并非乐见乐闻。

写到此处,消息传来,河北、山东严重干旱,黄河下游已经枯干。我想我不必写下去了,因为你就在灾区之中!

(选自《活到老真好》)

处理藏书的滋味

我搬过二十二次家,可以说是流离失所,书是随手买、随手丢,买的时候很伤感,丢的时候也伤感,所以我的藏书很少。这些年为了写回忆录,不断买书,人在外国,买中文书很费周折,转弯抹角地托人帮忙,千里迢迢、万里迢迢地寄来。买书才知道自己的房子小,回忆录一本一本写好,买来的书一批一批清理出来,难割难舍,大割大舍。张大千先生收藏很多古人的画,有时候急着用钱,拿出一张两张卖给人家。他特别刻了一方图章:"别时容易",从"别时容易见时难"截取半句,盖在卖掉的画上。其实"再见"固然很难,分手的时候也不容易。

我这些书并没有珍本善本,但是都有参考价值,对于不需要它的人来说没什么意义,对于需要它的人是宝贝。我读这些书的时候,有时感动,有时惊愕,有时愤慨,有时沉吟不语,有时恍然大悟。我仿佛觉得每一页是一个"开末拉",它会记下我丰富的表情。我的生命在里面!

我已经养成了习惯,一本书我要离开它了,我会最后拿出来翻一翻,读它一段,然后合上,离手。这一次我打开东方白的自传,又看见他记述的一个小掌故:抗战胜利了,台湾回归中国了,住在海外的台湾人想回台湾看看,他们不能再用日本护照,他们向当地的中国领事馆申请护照,中国领事馆不敢发护照给他们,因为外交部没有指示。我打开张良泽的自传,第一章写他的童年,他写得非常生动可爱。有一天选家会把这一章挑出来编进文选,普遍流传。小说家子于在建国中学教书,他退休以后写了一本书,书名是《建中养我三十年》。退休的人往往抱怨自己的青春贱卖了,子于的角度不同,我对着这个名字看了又看。

我把书送到纽约"台北经济文化办事处",我的心情不像捐书,不像赠书,像是"嫁书",替女儿找婆家。中国人有一句话:"儿娶女嫁以了向平之愿",向平是汉朝人,他在儿娶女嫁以后就入山修道去了,咱们比那位向平先生多一桩心事,儿娶女嫁之外还得藏书有个安置,然后才可以安心去见尧舜禹汤基督释迦。蒋夫人宋美龄在纽约长岛住的房子卖掉的时候,多少中文写成的东西当作垃圾堆在地下室里,教人又是感慨,又是警惕。今天"经文处"肯收留这些书,这是我的大幸,也是这些书的大幸。等我最后一本回忆录写完,我还有一批书要送来,"经文处"的大楼在曼哈顿的钻石地带,可以说是金屋藏书,出出进进谈笑有鸿儒,往来无白丁,书在这里会遇见他希望遇见的人。

余波荡漾……

丝雨:称捐出藏书为"嫁书"很有创意,预料会流行,当然也不会有你的名字,希望你不要气死。

商天佑:区区一词而已,何足挂碍?照你这样说,释迦、基督、马克思岂不是气得再死十次?

我是一只蝴蝶:我认识一个作家,他出了一本书,请了十个朋友吃饭,每人送上一本。饭后人散,路灯昏黄,四顾无人,有两个客人边走边谈,一人打开手里的新书说:"这样的书嘛,看是不必看,放也没地方放",伸手把作者签名撕下来,把书丢进路旁的垃圾筒。另一个客人大喜,他说这个办法很好,也把作者签名撕下来,把书丢进垃圾筒里。我听到这个故事以后,每逢经过垃圾桶,总要张望几眼,看看里头有没有我的书。

鲁碌碌:希望有"旧书殡仪馆",可以由造纸厂设立,向处理藏书的人收费,办理旧书回收,书销毁前办理某种仪式。

商天佑:如果有这样一个殡仪馆,必须聘一专家做顾问,旧书火化前由他一一检视,其中可能有珍本。

商天佑:有少数图书馆摆一两个书架,你可以把你不要的书放在上面,谁爱拿哪一本就拿哪一本,图书馆不过问。我觉得这个办法不错,可以推广,让一些"英年早退"的书在进殡仪馆之前还有机会尽才尽用。

丝雨:这是什么年头?"书"的沦落一至于此!令我哽咽。

鲁碌碌:没什么,别那么容易是古非今。古代的藏书有"水火兵虫"自然处理,你不觉得是个问题,现代的书很安全,加上印刷术发达,所以……这跟人口问题差不多。

(选自《桃花流水杳然去》)

有涯散记

机场送别

晚上九时送大儿到机场搭乘Delta班机赴西班牙就业,他的女友来送行,德裔移民,仪表清秀,我和老伴连忙提前告别。儿子从未提到他的情感生活,依他们年轻人的潜在规则,两人关系稳定以前,父母完全在状况之外,我们能得此机会和她非正式会晤,可能说明两人的感情"不错"了。父母也有潜在的规则,只能瞎猜痴等,不能追问。

一个月以前,美国TWA800班机在纽约市郊上空爆炸,机场对恐怖事件高度防范,工作人员表情严肃,连乘客携带的计算机都要当场试用,证明是真正的计算机,警卫的态度可以称得上粗暴,战争中骄兵悍将的模样。国家一旦发生非常事故,即面临非常状态,马上有一部分人变得非常重要,非常蔑视大多数人,这一部分重要人士先变成社会一害,盗匪横行时的警察,瘟疫发生后的护士,大抵如此,忍受此一小害躲过大害,也是人类的潜在规则。

万圣节的糖果

万圣节,夜晚上门讨糖的孩子来了,我才想起忘了准备,幸而家中有许多两角五分一枚的硬币可以抵充。警察事先提出警告,家长不可让孩子单独行动,可能有歹人中途拐走孩子,所以讨糖者三五结伴而来,见了钱欢声雷动。他们出门讨糖只是受习俗驱策,每天吃糖太多了,讨来的糖也不敢吃,怕有人下毒,糖对他们已无意义。

无论是糖是钱,我应该一人一份放进孩子的手提袋里。可是我忽然想"吹皱一池春水",看看变化,因此发生了一件很遗憾的事情。我举起一撮Quarter问:"谁是带头的人?"一个黄面孔的孩子挺身而出:"我!"我一看,小家伙挺精明,人家都说中国孩子总是畏畏缩缩,屈居人后,这孩子有出息。我把钱交给他:"你来分配,每人一个。"

他接过钱转身就跑!他在好几个白皮肤、黑皮肤的孩子面前有这种行为,丢人丢大了。

家

晚,中国学生家长会会长偕她的朋友某女士来访,老伴请她们到附近一家名叫"东海"的餐馆吃饭。某女士服饰华贵但玉容寂寞,她的丈夫在中国大陆经商,夫妻难得同聚。

我讲了一段话给她听:"现在美国衡量一个家庭的水准,认为夫妇俩同住在一栋房子里是下等家庭,夫妇俩分住在两栋房子里是中等家庭,丈夫住在这一州、妻子住在另一州是上等家庭,如果丈夫和妻子分别住在两个国家,那才是上上、无上、值得骄傲的家庭。"

她听了破颜一笑:"我会把你的话讲给他听。"

中秋月

昨天日全食,今天中秋,月色皎洁,嫦娥好像经过一番奋斗,恢复了尊贵。这应该是诗人的好材料。

看月,想起"大千世界共此月,世人不共中秋节,泰西纪历二千年,只作寻常数圆缺。"(黄遵宪的诗句)在西式豪宅中看月,在曼哈顿"摩天大楼的丛林"里看月,嫦娥应是一观光客或新移民,"偷灵药"不必后悔,悔不该奔向月宫,没有在新大陆偷渡登陆。这应该是诗人的新材料。

纽约号称"保存中国文化之都",照古典格律写诗的人很多,我也花功夫读过一些,中秋有诗,依然在冰轮玉盘中兜圈子。有人讥"旧诗人"不敢用新词,其实更大的问题是没有新角度去看人生和自然,诗中是否有微波炉、原子尘尚是末节。

天文消息:月球将离地球渐行渐远,亿万年后,寒星一点而已。那时如果还有唐诗流传,可能只剩下一半,或一半的一半,一个没有月亮的中秋,中国人能忍受吗?如果那时还有地球,还有中国,也许没有困难,明月并非突然消失,一个"渐"字能使人接受任何不能接受的环境。

在美国的中国人对中秋的感情已经很淡了,长此以往,有无中秋无关宏旨,每一大变故出现,上天会给我们时间适应和改造自我,最后使我们觉得并未失去太多。

为猫行乞

中午入市,一家百货公司门侧的空地上坐着一个棕色皮肤的中年妇人,在已无温热的阳光中举着牌子乞讨,两只猫偎依在她身边。她说她是为猫乞讨,两只猫都很漂亮,但是都很瘦,显然营养不良。一群孩子围着看,有人停下来朝她脚前的纸盒里丢下零钱,再匆匆走过。有一个人从旁边的小店里买来一杯热咖啡,送给养猫的妇人。

我也是养猫的人,朝她的纸盒里放下一块钱,走到对街旁观,看两只猫对主人依然无限信任,虽然她的主人一无所有;看来往施舍的人有黑有白,没有一个黄皮肤,似乎这是美国文化编导的节目,只应由美国人扮演。这是华人社区,中国人不会坐在这里乞讨,更不会为猫乞讨。

花　生

食物过敏惹祸！医生叮嘱不要吃花生,我甚诧异。想我幼时,乡人尊花生米为长生果,现在医生说,花生米已经上了问题食品的黑名单。美国各地都有孩童吃花生过敏而丧命,或者使他身旁的孩童过敏丧命。幼稚园规定,孩子吃花生要先向老师报告,老师陪他到一个没人的房间里去享用。

连吃花生都有危险,世间尚有何事安全？想到人之一生要经历多少生死关头,从"孕妇吃感冒药使胎儿畸形"开始,由出生到六岁入小学,要注射九种预防疫苗,也就是说在这些疫苗没有问世以前,孩子长大要冒九种危险。然后帮派、恋爱、车祸、服兵役,危机重重,祸福难料。我这一代人还有战争摧残、专政构陷、灾荒折磨、瘟疫传染,真是千劫百难,剩得一身。陆游词有"躲尽危机,销残壮志"之句,现在才尝到个中滋味。

停车费

美国是法治国家,法令多如牛毛,老百姓动辄得咎。曾有一人走到十字路口,顺手从路旁的垃圾桶里拿起一份报纸翻看,警察立刻给他一张罚单,因为"不可移动垃圾"。

今天又出现令人意外的消息。一位老太太经过马路旁边临时停放汽车的地方,看见一个"停车收费计时器"超过了时间,停在这一具计时器旁边的汽车势将受罚,他自己掏出两枚硬币投进去,延长合法停车的时间,帮那个不知姓名的人一个小忙,也算日行一善。谁知道样做也犯法,一旁静观的警察立刻取出手铐。

博闻的记者在这条新闻后面说,一九七三年三月四日,曾有一位老太太行同样的善事,法院判处罚金五百元。社区人士闻讯激动,纷纷捐款替她交纳罚款。现在是一九九六年了,风气不同,恐难再有打抱不平的人,至少在华人社区如此。

华人的习惯

加拿大刊出加人不满华人移民的一些习惯:(一)在公众之前挖鼻孔掏耳朵;(二)在不同族裔场合只说华语;(三)在肃静的地方喧哗;(四)乘车购物不排队;(五)推开自动门进出公众场所,不理紧跟在脚后进门出门的人;(六)选购蔬菜去枝摘叶;(七)在自家院子里砍树铲草,改铺水泥;(八)随处停车;(九)申请住楼虚报地址;(十)出租产业虚报月租漏税。

还好,随地小便,不相信斑马线红绿灯,还有进了餐馆先要开水,三项已从名单上剔除。

我初来美国的时候,也不知道餐馆旅社都只供应冰水,有热咖啡,没有热牛奶,他们热水管里的水是不能喝的,闹了些笑话。后来住定了,知道华人忌讳院子中间有棵树(像个"困"字),也忌讳对准大门有棵树(当头一棒)。林云"大师"来美旅行"讲学",宣扬"密法",杀树形成华人新移民的共识,门前的行道树受法律保护,于是有杀树的各种密法。草坪改铺水泥则是为了省却剪草浇水之劳,而且方便停车,这种行为破坏环保,增加市区淹水的危险。

在纽约,华人的"特色"还可以加上店主店员傲慢无理,不按规定处理垃圾。住宅门前从不挂美国国旗。至于乘车购物不排队,进出公众场所的门不理会紧跟在脚后的人,出租产业虚报月租,在纽约似乎没有族裔之分。

泥　土

出门散步,经过一所小学,见一位女教师率领十几个小学生在学校门外一小块空地上翻土拔草,中年教师像母亲一样教孩子如何使用工具,掘地破块,挑出草叶碎石,如何把手掌埋入土中,享受某种感觉,再轻轻抚平土壤。

依照这里的规则,师生工作时都戴着手套,但是双手亲近土壤的时候都把手套脱掉了,教师也和学生一同检查土壤中有没有可能刺伤皮肤的东西。"抚平土壤"是这一场小小戏剧的高潮,这时身材高大的女教师跪了下来。

我相信这是一种教育,这里是人口密集的地区,孩子们也许只能在大楼兴工挖掘地下室的时候看见泥土,那是不准走近的;他也能在阳台的花盆里看见泥土,那是经过化学处理的营养土,不堪碰触;所谓大地,在他们不过是水泥、柏油、方砖、石板和草皮罢了。教师带他们认识一下"人类的母亲",或者对他们发生不可思议的影响。

走过一段距离,回头远望,校外路边这块小小的空地中间竖着高高的旗杆,孩子们的头顶上国旗正在晴空中飘扬。

狗

冠腾兄来,谈到在美国居家的烦恼之一,邻人遛狗,让狗在门外的安全岛上便溺。干这种事的人白黑棕黄都有,非仅"中国人的民族劣根性"为然。依卫生局规定,遛狗时要携带清除秽物的工具,随时随地收拾干净。我见过有人遵行,也见过有人携带工具摆样子,但是到时候并不拿出来使用,更有许多人根本忘了那个规定。

冠腾说,对付这种人可以拍照为证,向卫生局告发。老伴认为中国人一向讲究睦邻,此议万不可行。冠腾说宠物店中出售一种药水,洒在草地上可以驱犬,但售价昂贵,平常人家难以负担,老伴默然。冠腾足智多谋,一计不成,又生一计,可以到超级市场买韩国出品的辣椒粉使用,价钱便宜,老伴欣然。

可是早晨门前安全岛上又见一堆狗大便,惊呼老伴同观,"一天开门八件事",大清早就得处理这玩意儿,比乌鸦冲着你大叫还要扫兴。老伴说已多日没撒辣椒粉了,她听说辣椒粉刺激狗的鼻膜,伤害它的嗅觉。原来如此,怎不怕便溺刺激自己的鼻膜?我拍拍巴掌,早晨这第一件事理应由她负责善后了。

会　账

听一名人演讲,他说美国文化注重独立自主,中国则反是。几个美国人相约进馆子同桌吃饭,吃完了各人付各人的账,即所谓AA制,又称荷兰式,据说于十六十七世纪起于荷兰。中国人约定同桌吃饭,"倚赖"一个人"埋单",云云。

我听到这里起身就走。照他说,美国人"好像从来不请客",英文中何以有meal、banquet、feast这些字?中国人在餐馆里付账,的确有文化特色,但并非此人说得这样简单。倘若座中有长官,你不可以贸然付账(为了礼貌),倘若座中有"大哥",餐馆出纳拒收(这里是大哥的"地盘")。付账有不成文的章法,"倚赖"的成分很小(抓大头或恶作剧的成分倒是偶然有)。同桌吃饭进馆子,也可以各人自己付账,但是他们分开各坐一桌。

还有,中国人很重视"回请",今天你请我吃饭,明天我找个理由请你吃饭,回请时往往在同一家馆子相等的菜色,"来而不往非礼也"。中国人吃人家一顿是负了债,欠了人情,并不轻松,"下次我做东",他不必抢着去付账,"心存依赖"的人会被人瞧不起,代价也很大。

演讲时说个小故事,引起动机,增加趣味,我当然赞成。但中国文化不能建立在一个小故事上,它也许可以由一连串、许多个小故事来透露,或者由抽象层次很低的事来象征,无论如何AA制不行。

由这样的人来谈中美文化,简直是中国文化的灾害。

美国谚语

读《美国文化风俗》一书,发现几条民间流行的格言可资谈助:(一)鸡未孵出,莫数小鸡。想起候选人在竞选时说的"勿在开票前计算选票",可能后者套用了前者。(二)光棍不当媒人,有趣,其趣味只可意会。从前我们做编辑的时候,常说当编辑的人不把文章介绍给同行,意思相同,修辞远逊。(三)三次搬家比一次失火还糟,这话相当于中国谚语"搬家三年穷"。(四)脱下衬衫送人(表示尽其所有),中国北方农村的说法是"脱下裤子送人",可能因为当年中国农民尚未流行穿衬衣,以致雅俗有别。(五)谈话谈到十分钟的时候停下来,就会有一个天使走过。集会时总有人发言漫无节制而又言之无物,这句话或可当作药石。不过十分钟仍然太长了,我在公共场合临时发言只用五分钟时间,而且拟妥大纲。

女郎失忆

新墨西哥州一个二十六岁的女郎,因车祸失去记忆,她不认识丈夫,不记得结过婚。新闻说,医生建议他们重新约会,由零开始。他俩再度热恋,并且在今天结婚。

有点像通俗小说的情节,如何免俗?这倒是一个现成的考题。或许可以改变设计,那一对夫妇在重新恋爱时,女子无法再爱那个男子,她爱上另外一个人,那人是她的仇人,是一个坏人,她当然已不记得仇和坏。……

"非通俗"的设计是否更有文学价值?我想未可一概而论。

聋了以后

昨天听到的趣闻:某大百货公司有一职员,耳朵聋了,不能胜任原来的工作。机能残障的人受法律保护,老板不能辞退他,就把他调到接受顾客抱怨的部门去。他每天坐在那里,面对怒气冲冲的顾客,微笑点头,答应把顾客的意见反映到公司的管理部门,其实他什么也没听见。

今天听到的趣闻:公交车上,一男孩嚼口香糖,对面老妪耳聋,以为男孩在跟他讲话。

火柴盒

六十年代,台湾的大公司、大餐厅、大旅馆都委托艺术家设计自己专有的火柴盒赠送顾客,商家争奇斗艳,印刷精美,火柴倒是寥寥可数。某君发愿搜集各家的火柴盒,用以见证台湾的商业发展和工艺设计的流变。

世事多变化,后来他移民了。大搬家的那天,他特别买了一只小皮箱,把所有的火柴盒都放进去,有一天在外面办个展览,回味当年在台湾的生活。

结果呢,一切都不顺利,生活情趣慢慢磨损。有一天收拾房子,他发现这只箱子,那时候火柴还是日用品,他在需要点火的时候,把那些火柴一根一根擦亮了,然后,变形褪色的小小画面,也当作残骸丢进垃圾桶。

每次取出一盒火柴来使用的时候,望着盒上的线条颜色,不免引起一段回忆,后来感觉也迟钝了。

终于有一天,他丢掉最后一个火柴盒,他的心又轻轻地震动了一下,旧业荡尽了。

答 案

美国的全国性考试,照例用一套题目,各州同时举行。虽然"同时",东部到西部有三小时的时差。有一男子在纽约参加考试,出了考场,打电话"泄题"给加州应考的人。这个聪明的男子被捕了!这件事势将改变美国全国性考试命题的方式,美国正在这样一步一步学习。

美国全国投票选举总统,新近由中国大陆来美的某兄曾任某大通讯社记者,他对美国大选有浓厚的兴趣,一连参观了几处投票所,最后来我家喝茶。他的印象是:他看见了两个美国,"美国每四年就要这样分化一次,如何永远维持一个完整的国家?"

我讲述从电视上看见的一个场面给他听:一边是民主党的群众,一边是共和党的群众,各人挥舞自己的旗,喊自己的口号,等待选举结果。忽然一声宣布,某一党的候选人当选了,两派人马立刻收起自己的口号,卷起自己的旗帜,立刻人人挥舞美国国旗,喊出共同的口号。

我说这就是答案。

学中文

"学中文的孩子不会变坏!"这个口号是套用台北的广告词:"学钢琴的孩子不会变坏。"

纽约的中文学校可分三种:一是编制和正式学校相同,历史悠久,管理完善,受教育局监督,这样的中文学校只有一所。第二种中文学校是郊区乡下,有十家二十家华人居住,家长都是高薪的白领,联合起来办个中文班,家长们自己教自己管。还有一种,在华人密集居住的小区,有知名人物以办理公益事业的姿态出头招生,利用寒假暑假和周末,借用公立学校的教室上课。

最后这一种中文学校人数最多、问题也最多,孩子反而容易学坏。这种中文学校收了费要赚钱,一切开支尽量节省,教材像传单一张一张地发,校车像沙丁鱼罐头一样挤。号召热心的人来做义工,华人帮派转弯抹角把体育教员送进来,把跆拳教员送进来。他们不要钟点费,他们来吸收新血,一个暑假做下来,后果就发生了,挽救就很困难了!伤天害理啊!"学中文的孩子容易变坏!"

参加一个座谈会,讨论子女教育,座中有一远来的名人说,他有三个孩子,初来美国时,他管教大孩子用法家,后来放松了;管教第二个孩子用儒家,到第三个孩子,他完全接受美国的教育理念,他是道家。

这是我说过的话,而且只对一个朋友说,居然传到陌生人那里,由他复述,连修辞都一样。我们平时演讲作文,总是慨叹说了白说,现在证明你说过的话真的会产生影响,大大增加了我的信心。

我当时欲言又止,回家后把我想说的话写在这里。美国社会对青少年充满危机,我曾问华人学生家长会会长如何使孩子不致学坏,她说"唯一的方法就是让孩子学好"。希望她的这句话也能流传广远。

女　权

有人采访女权运动的会议,会中讨论为何女子的升迁总是落在男子之后。有一女性学者发表研究结果,提出各种证据,证明"这是我们的问题,不是他们的问题"。她说,女性主管不肯拔擢女性下属。

何以如此呢?那位专家似未再做进一步推求。大多数人认为女子气量狭窄,很难欣赏另一女子的才能,这一判断无法提出数据,可能涉及性别歧视。我想女主管对于指挥男性下属奔走可能更有成就感,还有,恐怕女性主管也难免承认有些工作由男子去做比较合适。

今天报上有消息,美国新兵训练中心有十七名女兵受到凌辱,政府深入调查,陆续发现几百个案例。军方发言人说,解决问题仍须从男女之防着手,包括改装航空母舰,将男兵女兵隔离。

女子本来免除兵役,可是她们一定要争取,目前女兵只担任后勤工作,她们继续力争参加战斗任务。既然做了军人,没有战功怎能出人头地?她们一旦进了战壕碉堡,和男兵并肩作战,还有什么男女之防可言?唉!

美国新兵训练中心女兵受骚扰案,已有两千多个受害人投诉,其中包括遭到强暴。

美国大学研究所也常常传出性骚扰的秘闻,教授借故与女生单独相处,触摸她的身体,百般纠缠。新兵训练的班长排长和研究所的指导教授都握有很大的权力,性骚扰也是"权力使人腐化"的一例。

中国从前的艺人也往往对弟子有性要求,包括同性恋的行为,只有这样的弟子才可以得到真传,民间俗谚说:"要得会,跟师父一头睡。"台北当年亦有某公捧红了好几个女演员,他半生偎红倚翠,不在话下。

现在现象减轻了,但并未消失,差堪告慰的是,女子隐忍牺牲能够换到的东西比以前更有价值,例如以前只能换个杂耍演员,今天可以换个熠熠红星。

太浪费

阿拉伯联合酋长国迪拜市制成世界最大的蛋糕,长一点六英里,重六十九吨,俨然长城,但展出后不久就变成满地烂泥,直升机低飞摄影,搅动气流,长城因之崩坍。

太浪费了!

为了庆祝圣诞,纽约市的自由街广场以二十六万盏灯泡遍布灯饰,造型争奇斗艳,市长朱利安尼前往按钮开灯,一片辉煌,这个"光明世界"要延续一个月。

太浪费了!

大洋彼岸,台北市政府广场竖起十层楼高的圣诞树,由美国蒙大拿订购了六百六十棵"小树"组成,树上满布彩色灯泡和饰物,由十二月七日到次年一月五日,通宵璀璨光明。

太浪费了!

同时我在电视上看见瘦弱饥饿的一群儿童,也收到为无家可归的流浪汉募集寒衣的通知。

中国大陆的经济如今搞上去了,但愿永远不会出现万金一掷的刹那浮华。

衰 老

有一个新闻人物,他一九一八年出生,到一九九六年应该是七十七岁,但是他的形体仍然是个二十磅的婴儿,医生说,这个"婴儿"体内有抗衰老的元素,所以长不大。

这条消息发人深省,"生长"和"衰老"竟是同步发生,相倚相成;人若不老,也就不会长大,身体并非长到顶点再开始下降,而是走向生长的同时走向死亡。如此说来,"生命始于四十"还是"死亡始于四十",没有什么可以争辩的了,《易经》的阴阳互生、祸福相依好像说中了。人的生命和死亡同时开始,四十岁以前生命走得比较快,四十岁以后死亡走得比较快。

脱胎换骨

一家由华人经营的美容店,中文广告有"脱胎换骨"字样。某顾客把"脱胎"译成 Remove the Birth mark,向法庭呈诉,认为美容院未能除去她脸上的黑斑,有诈欺之嫌。法院裁定顾客胜诉,但美容院说,脱胎换骨的意思是从心理上变成一个新人,不服裁定,提出上诉。

这场官司可列入中文教材。"脱胎换骨"之说出于道教,它的"本义"是陈述事实,即"胎"可以脱,"骨"可以换,凡体变为仙体,后来出现"引申义",诉诸想象,就仅是一个比喻了。美容院把脱胎换骨解释为"从心理上变为一个新人",就是用它的引申义。

不过美容院的服务项目有"除斑",这位告状的顾客把"斑"和胎记联想在一起,把"脱胎"除去胎记联想在一起,似乎出于误会,也可能是美容院故意误导。要想使美国法官了解其中微妙,做出正确判断,恐非易事。

背面有字

新墨西哥州的一个居民到银行存款,使用银行放在窗口的存款单,并不知道这张存款单的背面有人写了字。

存款单送进窗口不久,警察一拥而入,用枪指着他,给他戴上手铐。原来那张存款单的背面有人写了一句话:这是抢劫,我有炸弹。

警察判断,写字的人是恶作剧,提款人正好碰上。但是,这种事如果发生在另一个地方,恐怕没有这么容易洗刷。

这件事使我们学到什么?你在公共场所,如银行、邮局、餐厅,使用那里预置的表格,要翻过来看看,只要上面有人写了字,不管他写的是什么字,你都要另换一张。

五十年代,有人从香港剪报寄到台北,没有翻过来看看,不知道反面印了一条新闻骂蒋介石,收件人的麻烦大了。

这种事防不胜防,但是仍然不能不防。

七胞胎

爱荷华州一对年轻的夫妇,一胎生下七胞,七个婴儿都存活,据说是医学史上的新纪录。

七胞胎的父亲在雪弗兰汽车公司工作,公司立刻送给他一辆全新十五个座位的箱型旅行车。他家的房子显然太小了,州长立即宣布替他盖一栋能够容纳七个孩子的新屋。各大企业的赠礼蜂拥而至,如一年免费的杂货,十六年免费的果汁,终身免费的尿布,还有玩具,洗衣机,七年的奖学金。

这个家庭接到无数电话,有人志愿来做保姆,替他们洗衣做饭,两家地方银行联合决定为孩子们成立一个基金会,据农业部估计把七个孩子养到十八岁,要花七十六万美元。

最高潮是时任美国总统克林顿打电话给孩子的父亲,邀他到白宫做客。

这是典型的美国故事,以后恐怕也越来越难得了,值得记在这里。

移民辩护

纽约市议员 Julia Harrison 忽发怪论,她说亚洲来的移民是殖民,是侵入者,"他们说我们听不懂的言语,出售我们从未吃过的食物。"她说亚洲人来了,乞丐、小偷、抢劫犯还有傲慢无礼的店东都来了。

针对她的话,我写一短文如下:

现在有个流行的名词叫"解释权",海峡两岸的中国人,都在争取对历史事实的解释权。美国主流人物一向对亚裔印象握有解释权,往往信口开河,咱们也要向他们争取解释权。

例如说,亚裔移民是殖民者、不是移民者,这就是错误的解释。移民者是拓建者,殖民者是侵略者,差之毫厘,失之千里。"走一条街要开汽车,搬一张桌子要动用升降机"的先进美国人,丧失了祖先的移民精神,后进新移民来了,"一不怕苦,二不怕难",好像咄咄逼人,先进们心中的不安藉着解释权的使用反映出来,咱们可以理解,但必须进行"反解释"。

所谓解释权,说白了就是"我说你是什么你就是什么";所谓"反解释",就是"告诉你我是什么,你并不知道我是什么"。

亚裔移民来了,乞丐也跟着来了,这种现象怎样解释?由于文化的关系,中国人比较愿意赈济乞丐,乞丐寻找有能力施舍而又肯施舍的地方,出现了上述的形迹。请注意,唐人街、法拉盛闹区的乞丐,极少极少是亚洲人,分明是亚洲人来了,美国穷人增加了个讨饭的地方。还有,不要忘记,亚裔来了以后,劳工、商店、科学家、慈善机构也都跟着来了,货物销路、就业机会也都跟着来了。

如果说,亚裔移民来了,美国社会的骗案增加了,合理的解释是,亚裔新移民由于无知和孤独,是个可以欺骗的对象,可供欺骗的人增加了,骗案当然增加。他们受害,还要对罪案负责?统计一下吧,大骗子都是哪一族裔的人?怎么不去谴责骗子?

(选自《度有涯日记》)